A. Rüdimann

Diogenes Taschenbuch 21858

Georges Simenon

Das Gefängnis

Roman
Deutsch von
Michael Mosblech

Diogenes

Titel der Originalausgabe:
›La prison‹
Copyright © 1967 by Georges Simenon
Eine erste deutsche Übersetzung erschien 1970
unter dem Titel ›Die Schwestern‹
Umschlagfoto: Francisco Hidalgo

Neuübersetzung

Alle deutschen Rechte vorbehalten
Copyright © 1990
Diogenes Verlag AG Zürich
100/90/43/1
ISBN 3 257 21858 3

I

Wieviel Monate, wieviel Jahre dauert es, bis aus einem Kind ein Jugendlicher, aus einem Jugendlichen ein Mann wird? Wann kann man behaupten, daß sich diese Wandlung vollzogen hat?

Es gibt, anders als im Studium, keine feierliche Verkündigung, keine Preisverleihung, kein Diplom.

Alain Poitaud brauchte mit zweiunddreißig Jahren nur wenige Stunden, vielleicht Minuten, um nicht mehr der Mensch zu sein, der er bislang war, und ein anderer zu werden.

18. Oktober. Dichter Regen fiel über Paris, und die Windstöße waren so heftig, daß die Scheibenwischer nichts nützten und nur das Licht der Straßenlaternen noch mehr trübten.

Nach vorn gebeugt, fuhr er langsam über den Boulevard de Courcelles, die schwarzen Gitterstäbe des Parc Monceau zur Rechten; dann bog er in die Rue de Prony ein, um zur Rue Fortuny zu gelangen, wo er wohnte. Die Straße ist kurz, stattliche Häuser ziehen sich an ihr entlang. Er hatte das Glück, einen Parkplatz fast vor der Haustür zu finden, und während er die Wagentür zuschlug, hob er unwillkürlich den Kopf, um zu sehen, ob im obersten Stock Licht brannte.

Ein Schimmer, aber so schwach, daß er nicht hätte sagen können, ob es nun einer war oder nicht. Zudem rannte er bereits in einer heftigen Windböe drauflos, die ihm das kalte Wasser ins Gesicht und auf die Kleider peitschte, stieß das mit einer Scheibe aus Mattglas versehene Tor auf.

Ein Mann stand auf der Schwelle der Tür, als habe er sich wegen des Regens unterstellen wollen, trat mit ihm ein.

»Monsieur Poitaud?«

Die Beleuchtung war dezent, die Wände mit Holztäfelungen verkleidet.

»Der bin ich, ja«, antwortete er erstaunt.

Eine unauffällige Person, normale Figur, dunkler Überzieher. Der Mann zog einen in den Farben der Trikolore gestreiften Ausweis aus seiner Tasche.

»Inspektor Noble, Kriminalpolizei.«

Alain betrachtete ihn genauer, mit mehr Interesse, aber kaum verwundert. Er war es gewöhnt, allen möglichen Leuten zu begegnen.

»Dürfte ich einen Augenblick mit Ihnen hochgehen?«

»Warten Sie schon lange?«

»Eine knappe Stunde.«

»Warum haben Sie mich nicht in meinem Büro aufgesucht?«

Der Inspektor war jung, recht schüchtern, oder aber er fühlte sich unbehaglich. Er lächelte, ohne Alain zu antworten, und die beiden Männer schritten zu dem geräumigen Fahrstuhl älterer Bauart, dessen Wände mit leuchtendrotem Samt ausgeschlagen waren.

Während der Aufzug langsam hochfuhr, schauten sie sich stumm in dem schummrigen Licht der Deckenlampe aus geschliffenem Kristallglas an. Zweimal öffnete Alain Poitaud kurz den Mund, um eine Frage zu stellen, aber er zog es vor, zu warten, bis sie in seiner Wohnung waren.

Der Fahrstuhl hielt im vierten Stock, dem obersten, Alain drehte den Schlüssel im Schloß, stieß die Tür auf, wunderte sich, daß alles dunkel war.

»Meine Frau ist noch nicht zurück«, bemerkte er unwillkürlich, während er die Hand nach dem Lichtschalter ausstreckte.

Wasser tropfte von ihren Überziehern auf den blaßblauen Teppichboden.

»Sie können Ihren Mantel ablegen.«

»Das lohnt sich nicht.«

Er schaute ihn überrascht an. Sein Besucher hatte, nur schlecht vor Wind und Wetter geschützt, eine Stunde lang auf der Türschwelle gewartet, und da vermutete er, sein Besuch werde von so kurzer Dauer sein, daß er nicht einmal seinen durchnäßten Überzieher auszog.

Alain stieß eine Flügeltür auf, tastete nach weiteren Lichtschaltern, und mehrere Lampen leuchteten in einem geräumigen Zimmer auf, gegen dessen verglaste Rückseite der Regen prasselte, um in breiten Schlieren über die Scheiben zu rinnen.

»Meine Frau müßte längst zurück sein...«

Er schaute auf seine Armbanduhr, obwohl vor ihm eine antike Wanduhr hing, deren Kupferpendel mit einem leichten Klicken beim Anschlag hin und her ging.

Es war Viertel vor acht.

»Wir sind mit Freunden zum Abendessen verabredet, und ...«

Er sprach zu sich selbst. Er hatte beabsichtigt, sich rasch seiner Kleider zu entledigen, zu duschen und einen dunklen Anzug anzuziehen.

»Wollen Sie sich nicht setzen?«

Er war weder beunruhigt noch befremdet. Kaum. Höchstens ein wenig verstimmt über diesen unerwarteten Besuch, der ihn daran hinderte, zu tun, was zu tun war. Und überrascht wegen Jacquelines Abwesenheit.

»Besitzen Sie eine Waffe, Monsieur Poitaud?«

»Sie meinen eine Pistole?«

»Daran dachte ich, ja.«

»Ich habe eine, in der Schublade meines Nachttischs.«

»Würden Sie sie mir zeigen?«

Der Inspektor sprach mit sanfter, zögerlicher Stimme. Alain schritt auf eine Tür zu, die des Schlafzimmers, und sein Besucher folgte ihm.

Die Wände des Zimmers waren mit gelber Seide bespannt, das riesige Bett mit Fellen von Wildkatzen bezogen. Die Möbel waren aus weißlackiertem Holz.

Alain öffnete eine Schublade, wunderte sich, fuhr mit der Hand tiefer zwischen einige kleinere Gegenstände.

»Sie ist nicht da«, murmelte er.

Dann schaute er sich um, als wollte er sich erinnern, wo er die Waffe hingelegt haben könnte.

Die beiden oberen Schubladen der Kommode gehörten ihm, die beiden unteren Jacqueline. Niemand nannte sie Jacqueline. Für ihn, wie auch für alle anderen, hieß sie

Chaton, ein Beiname, den er ihr einige Jahre zuvor gegeben hatte, weil sie wie eine kleine Katze wirkte. Taschentücher, Hemden, Unterwäsche...

»Wann haben Sie sie zuletzt gesehen?«

»Wahrscheinlich heute morgen...«

»Sie sind sich nicht sicher?«

Diesmal wandte er sich seinem Besucher zu und betrachtete ihn stirnrunzelnd.

»Hören Sie, Inspektor... Seit fünf Jahren, seit wir hier wohnen, befindet sich diese Pistole in der Schublade meines Nachttischs... Jeden Abend, wenn ich mich ausziehe, benutze ich diese Schublade als Ablage... Ich lege meine Schlüssel hinein, meine Brieftasche, mein Feuerzeug, mein Scheckheft, das Kleingeld... Ich bin so sehr daran gewöhnt, diese Pistole an ihrem Platz zu sehen, daß ich nicht mehr darauf achte...«

»Ihr Fehlen wäre Ihnen nicht aufgefallen?«

Er überlegte.

»Ich glaube nicht. Es ist schon mehrmals vorgekommen, daß sie in den hinteren Teil der Schublade gerutscht ist...«

»Wann haben Sie Ihre Frau zuletzt gesehen?«

»Ist ihr etwas zugestoßen?«

»Nicht in dem Sinne, wie Sie denken. Haben Sie mit ihr zu Mittag gegessen?«

»Nein. Ich war wegen des Seitenumbruchs in der Druckerei und habe ein paar Brote auf der Schließplatte gegessen.«

»Hat sie Sie im Laufe des Tages angerufen?«

»Nein.«

Er hatte nachdenken müssen, denn Chaton rief ihn oft an.

»Sie haben sie auch nicht angerufen?«

»Sie ist tagsüber selten hier. Sie arbeitet, wissen Sie. Sie ist Journalistin, und... Sagen Sie, was bezwecken diese Fragen?«

»Ich möchte lieber, daß Ihnen das mein Chef erzählt. Wenn Sie mich bitte zum Quai des Orfèvres begleiten wollen, dort werden Sie alles erfahren...«

»Sind Sie sicher, daß meiner Frau...?«

»Sie ist weder tot noch verletzt.«

Höflich, schüchtern schritt der Polizeibeamte zur Tür, und Alain, zu verblüfft, um einen Gedanken zu fassen, folgte ihm.

Als hätten sie sich abgesprochen, verzichteten sie auf den gravitätisch langsamen Aufzug und gingen die mit einem dicken Läufer belegte Treppe hinunter. Das Fenster über jedem Treppenabsatz war mit farbenprächtigen Scheiben nach der Mode um 1900 verziert.

»Ich nehme an, Ihre Frau hat ihren eigenen Wagen?«

»Ja. Ein ganz kleines Auto wie jenes, das ich in Paris benutze, es steht vor der Tür. Eine Art Mini.«

In der Tür zögerten sie beide.

»Wie sind Sie gekommen?«

»Mit der Metro.«

»Spricht etwas dagegen, daß wir meinen Wagen nehmen?«

Er behielt einen gehörigen Teil seiner Ironie. Er war gern ironisch, manchmal sogar von einer recht aggressiven Ironie. War das nicht die einzig sinnvolle Haltung gegenüber der Stumpfsinnigkeit des Lebens und der Leute?

»Sie müssen entschuldigen. Es ist kaum Platz für Ihre Beine.«

Er fuhr schnell, aus Gewohnheit. Sein englischer Mini-Wagen war wendig, und einmal fuhr er bei Rot über die Kreuzung.

»Verzeihen Sie ...«

»Das macht nichts. Ich bin nicht mit Verkehrsdelikten befaßt.«

»Soll ich in den Hof fahren?«

»Wenn Sie möchten.«

Der Inspektor beugte sich durch die Tür, um mit den beiden Schildwachen ein paar Worte zu wechseln.

»Ist meine Frau hier?«

»Wahrscheinlich.«

Wozu diesen Mann befragen, der ihm doch keine Auskunft geben würde? In wenigen Augenblicken würde er einem Kommissar gegenübersitzen, vermutlich einem Kommissar, den er kannte, denn er war fast allen begegnet.

Unaufgefordert lief er die große Treppe hinauf, blieb im ersten Stock stehen.

»Hier?«

Der lange, schlecht beleuchtete Flur war menschenleer, die Türen links und rechts geschlossen. Einzig der alte Bürodiener war da, eine silberne Kette um den Hals, eine schwere Medaille auf der Brust, er stand vor einem mit grünem Filz bezogenen Tisch, der an ein Billard erinnerte.

»Würden Sie kurz im Warteraum Platz nehmen?«

Das Zimmer war auf einer Seite verglast, wie das Studio, das er zu seinem Wohnzimmer gemacht hatte, und lediglich eine alte, schwarzgekleidete Frau saß darin, sie bedachte ihn mit einem strengen Blick aus ihren dunklen Äuglein, als er eintrat.

»Entschuldigung...«

Der Inspektor schritt durch den Flur, klopfte an eine Tür, die sich hinter ihm sofort schloß. Er kam aus dem Zimmer, das er betreten hatte, nicht wieder hervor. Niemand kam. Die alte Frau rührte sich nicht. Auch die Luft um sie herum, leicht grau, wie Nebel, stand still.

Er schaute erneut auf seine Uhr. Acht Uhr zwanzig. Es war noch keine Stunde vergangen, seit er sein Büro an der Rue de Marignan verlassen und Malewski zugerufen hatte:

»Bis gleich...«

Sie wollten in einem Restaurant an der Avenue de Suffren gemeinsam zu Abend essen, zusammen mit einem Dutzend Freunden und Freundinnen.

Hier existierten der Regen, der Sturm nicht. Man schwebte im Raum, in der Zeit. An jedem anderen Tag hätte Alain lediglich seinen Namen auf einen Meldezettel schreiben müssen, und kurz darauf hätte ihn der Bürodiener in das Büro des Direktors der Kriminalpolizei geführt, der ihm mit ausgestreckter Hand entgegengekommen wäre.

Er brauchte schon seit geraumer Zeit nicht mehr in Vorzimmern zu warten. Das war ihm nur zu Beginn seiner Laufbahn passiert.

Er warf einen Blick auf die Alte, deren Reglosigkeit

ihn beeindruckte, beinahe hätte er sie gefragt, wie lange sie schon da sei. Vielleicht Stunden?

Er wurde ungeduldig, glaubte zu platzen. Er stand auf, zündete sich eine Zigarette an, wanderte unter den tadelnden Blicken der Frau auf und ab.

Schließlich öffnete er die Glastür, durchmaß mit großen Schritten den Flur, baute sich vor dem Mann mit der silbernen Kette auf.

»Welcher der Kommissare möchte mich sprechen?«

»Ich weiß es nicht, Monsieur.«

»So viele doch sind zu dieser Uhrzeit nicht mehr in ihren Büros.«

»Zwei oder drei. Die Herren bleiben mitunter recht lange. Wie ist Ihr Name?«

Es gab in Paris Hunderte von Orten, wo er seinen Namen nicht zu nennen brauchte, da man ihn kannte.

»Alain Poitaud.«

»Sie sind verheiratet, nicht wahr?«

»Ich bin verheiratet, ja.«

»Ihre Frau ist klein, dunkelhaarig und trägt einen gefütterten Regenmantel?«

»Das ist richtig.«

»Dann handelt es sich um den stellvertretenden Kommissar Roumagne.«

»Ein Neuer?«

»O nein! Er ist seit zwanzig Jahren im Haus, aber er ist noch nicht lange bei der Kriminalpolizei.«

»Befindet sich meine Frau in seinem Büro?«

»Ich weiß es nicht, Monsieur.«

»Um wieviel Uhr ist sie gekommen?«

»Das kann ich Ihnen nicht sagen.«

»Haben Sie sie gesehen?«
»Ich glaube schon.«
»Ist sie allein gekommen?«
»Verzeihen Sie, aber ich habe schon zuviel gesagt.«

Er wanderte erneut auf und ab, beinahe ebenso erniedrigt wie beunruhigt. Man ließ ihn warten. Man behandelte ihn wie einen gewöhnlichen Besucher. Was hatte Chaton am Quai des Orfèvres zu suchen? Was war das für eine Pistolengeschichte?

Weshalb lag seine Pistole nicht mehr in der Schublade? Das war ein harmloses Schießeisen, über das jeder Ganove gelacht hätte, eine kleine 6.35er, hergestellt in Herstal.

Er hatte sie nicht gekauft. Einer seiner Mitarbeiter, Bob Demarie, hatte sie ihm gegeben.

»Jetzt, wo mein Sohn laufen kann, laß ich so ein Ding lieber nicht in der Wohnung herumliegen.«

Vor mindestens vier, fünf Jahren. Demarie hatte in der Zwischenzeit zwei weitere Kinder bekommen. Was hatte Chaton...?

»Monsieur Poitaud!«

Sein Inspektor, am anderen Ende des Flurs. Er winkte ihn zu sich. Alain ging mit großen Schritten auf ihn zu.

»Treten Sie bitte ein...«

Im Büro des stellvertretenden Kommissars war niemand außer dem stellvertretenden Kommissar selbst, einem Mann um die vierzig, der müde aussah und ihm die Hand reichte, ehe er sich wieder setzte.

»Ziehen Sie doch Ihren Mantel aus. Nehmen Sie Platz, Monsieur Poitaud.«

Der Inspektor war nicht mit ihm eingetreten.
»Ich habe gehört, Ihre Pistole ist verschwunden.«
»Ich habe sie nicht an ihrem üblichen Platz vorgefunden.«
»Könnte es diese hier sein?«
Er reichte ihm einen schwarzen, fast bläulichen Browning. Poitaud griff unwillkürlich danach.
»Ich nehme es an. Es ist möglich.«
»Ihre Pistole hatte keine besonderen Kennzeichen?«
»Offen gestanden, ich habe sie nie untersucht. Ich habe sie auch noch nie benutzt, nicht einmal probehalber auf dem Land.«
»Ihre Frau wußte sicherlich von der Waffe?«
»Natürlich.«
Plötzlich fragte er sich, ob er es war, der da saß und demütig lächerliche Fragen beantwortete. Er war Alain Poitaud, verdammt noch mal! Ganz Paris kannte ihn. Er gab eine der meistgelesenen Wochenzeitschriften Frankreichs heraus, und er plante eine weitere. Außerdem produzierte er seit sechs Monaten Schallplatten, von denen tagtäglich im Radio die Rede war.

Nicht nur, daß man ihn nicht im Vorzimmer warten ließ, er duzte sich mit mindestens vier Ministern, bei denen er hin und wieder zum Diner eingeladen war, wenn sie sich nicht persönlich zu ihm aufs Land bemühten.

Er mußte protestieren, sich endlich aus dieser törichten Passivität befreien.

»Würden Sie mir bitte sagen, was das alles soll?«
Der Kommissar betrachtete ihn gelangweilt, müde.
»Darauf komme ich noch, Monsieur Poitaud. Glau-

ben Sie nicht, daß mir das mehr Spaß macht als Ihnen. Ich hatte einen sehr harten Tag. Ich hatte nur einen Wunsch: nach Hause zu fahren, zu meiner Frau, zu meinen Kindern.«

Er schaute auf die schwarze Marmoruhr über dem Kamin.

»Sie sind schon lange verheiratet, glaube ich?«
»Bald sechs Jahre. Nein, sieben. Die beiden Jahre nicht mitgerechnet, in denen wir so gut wie verheiratet waren.«

»Sie haben ein Kind?«
»Einen Sohn.«
Der Polizeibeamte blickte auf seine Unterlagen.
»Fünf Jahre alt...«
»Das ist richtig.«
»Er lebt nicht bei Ihnen...«
»Das ist weniger richtig.«
»Was meinen Sie damit?«
»Wir haben in Paris eine Wohnung, eher eine Art Quartier, da wir abends oft ausgehen. Freitag abends kehren wir nach Saint-Illiers-la-Ville im Forêt de Rosny, unser eigentliches Zuhause, zurück. Im Sommer schlafen wir fast jede Nacht dort.«

»Verstehe. Natürlich lieben Sie Ihre Frau.«
»Natürlich.«
Er sagte das leidenschaftslos, ohne Feuer, als verstände sich das von selbst.

»Sie kennen ihr Privatleben?«
»Ihr Privatleben spielt sich bei mir ab. Was ihr Berufsleben anbelangt...«
»Das meinte ich.«

»Meine Frau ist Journalistin.«

»Arbeitet sie nicht für Ihr Magazin?«

»Nein. Das wäre zu einfach. Außerdem ist das nicht ihr Gebiet.«

»Wie versteht sie sich mit ihrer Schwester?«

»Mit Adrienne? Sehr gut. Sie sind nacheinander nach Paris gekommen, Chaton als erste...«

»Chaton?«

»Ein Kosename, den ich meiner Frau gegeben habe. Inzwischen nennen sie meine Freunde, meine Mitarbeiter nur noch so. Als sie nach einem Pseudonym für ihre Artikel gesucht hat, habe ich ihr Jacqueline Chaton vorgeschlagen. Sie hat lange Zeit gemeinsam mit ihrer Schwester in einem Zimmer in Saint-Germain-des-Prés gelebt.«

»Sind Sie ihnen gemeinsam begegnet?«

»Beim ersten Mal?«

»Ja.«

»Nein. Chaton war allein.«

»Hat sie Ihnen ihre Schwester nicht vorgestellt?«

»Erst später. Einige Monate darauf. Wenn Sie über alles Bescheid wissen, warum stellen Sie mir dann diese Fragen? Es wäre vielleicht an der Zeit, mir zu sagen, was meiner Frau zugestoßen ist.«

»Ihrer Frau ist nichts zugestoßen.«

Er sprach mit trauriger und müder Stimme.

»Wem dann?«

»Ihrer Schwägerin.«

»Ein Unfall?«

Während er noch diese Frage stellte, fiel sein Blick auf die Automatik, die auf dem Tisch lag.

»Wurde sie...?«
»Getötet, ja.«

Alain wagte nicht zu fragen, von wem. Noch nie hatte er einen solchen Zustand der Betroffenheit, innerer Verwahrlosung kennengelernt. Sein Verstand funktionierte nicht mehr, jedenfalls nicht wie gewohnt. Er hatte das Gefühl, in einer plötzlich zusammenhanglosen Welt zu versinken, in der die Wörter nicht mehr den gleichen Sinn hatten, die Dinge nicht mehr das gleiche Gesicht.

»Sie ist heute nachmittag, kurz vor fünf, von Ihrer Frau erschossen worden.«

»Das hat doch weder Hand noch Fuß.«

»Dennoch ist es die Wahrheit.«

»Wer behauptet das?«

»Ihre Frau. Und das Kindermädchen, das ebenfalls in der Wohnung war.«

»Und mein Schwager?«

»Er diktiert gerade im Nachbarbüro seine Aussage.«

»Wo ist meine Frau?«

»Oben, bei den Kollegen vom Erkennungsdienst.«

»Aber warum? Hat sie Ihnen gesagt, warum?«

Er errötete plötzlich und mied den Blick des stellvertretenden Kommissars.

»Ich hoffte, Sie würden mir darüber Auskunft geben.«

Er war weder traurig noch bedrückt, noch aufgewühlt. Auch nicht entrüstet. Er erlebte eher eine Art Entpersönlichung, und am liebsten hätte er sich gekniffen, um sich zu vergewissern, daß er es war, Alain Poitaud, der hier saß, in einem grünen Sessel, vor einem Schreibtisch, über dem das müde Gesicht des Kommissars thronte. Wie konnte es sein, daß von Chaton die Rede war, und von Adrienne, Adrienne mit den regelmäßigen, sanften Gesichtszügen und den großen, klaren Augen, über denen lange Wimpern auf und nieder gingen.

»Ich verstehe es nicht«, gestand er kopfschüttelnd, um sich wachzurütteln.

»Was verstehen Sie nicht?«

»Daß meine Frau auf ihre Schwester geschossen hat. Adrienne ist tot, haben Sie gesagt?«

»Beinahe auf der Stelle.«

Das Wort »beinahe« tat ihm weh, und er betrachtete den Browning auf dem Schreibtisch. Das hieß, daß sie nach dem Schuß noch gelebt hatte, mehrere Minuten oder mehrere Sekunden. Und was hatte Chaton unterdessen...? Was hatte sie getan, mit der Waffe in der Hand? Zugesehen, wie ihre Schwester starb? Versucht, ihr Hilfe zu leisten?

»Hat sie nicht versucht, zu fliehen?«

»Nein. Wir haben sie in der Wohnung angetroffen, das Gesicht an die Scheibe gepreßt. An die Scheibe, über die der kalte Regen lief.«

»Was hat sie gesagt?«

»Sie hat einen Seufzer ausgestoßen und ›endlich!‹ gemurmelt.«

»Und Bobo?«

»Wer ist Bobo?«

»Der kleine Junge meiner Schwägerin. Sie hat zwei Kinder, einen Jungen und ein Mädchen.«

Das Mädchen, das war Nelle, die ihrer Mutter so ähnlich sah.

»Das Kindermädchen hat die Kleinen in die Küche gebracht, wo sie von einem Hausdiener zurückgehalten wurden, während sie sich bemühte, der Sterbenden beizustehen.«

Irgend etwas stimmte nicht. Erst hatte der Kommissar gesagt, sie sei beinahe sofort gestorben. Jetzt hieß es, das Kindermädchen habe der Sterbenden beigestanden. Er kannte die Wohnung in der Rue de l'Université, im ersten Stock eines alten Patrizierhauses, hohe Fenster, die Decke von einem Schüler Poussins ausgemalt.

»Sagen Sie, Monsieur Poitaud, wie waren Ihre Beziehungen zu Ihrer Schwägerin?«

»Gut.«

»Ich möchte Sie darum bitten, mir die Art Ihrer Beziehungen genauer zu erklären.«

»Was würde das ändern?«

»Wir stehen doch sicher nicht vor einer Tat aus Habgier, nicht wahr? Oder gab es Geldstreitigkeiten zwischen den beiden Frauen?«

»Bestimmt nicht.«

»Ich nehme an, es handelt sich auch nicht um einen jener Fälle von heimlichem Haß, der sich in vielen Familien findet.«

»Nein.«

»Vergessen Sie nicht, daß die Richter bei einem Eifersuchtsdrama oft weniger streng urteilen...«

Sie sahen einander an. Der Kommissar, dessen Name Alain schon entfallen war, verzichtete auf jedes Getue und stellte seine Fragen mit sichtlichem Verdruß.

»Waren Sie ihr Liebhaber?«
»Nein. Ja. Ich meine, das kann nicht der Grund gewesen sein. Das ist zu lange her, verstehen Sie?«

Er sponn seine Gedanken, obwohl er merkte, daß seine Worte weit zurückblieben. Er hätte viel Zeit gebraucht, um auf Einzelheiten einzugehen, zu erklären, daß...

»Vor mindestens einem Jahr... Nicht ganz... Letztes Jahr Weihnachten...«

»Fingen diese Beziehungen an?«
»Im Gegenteil. Sie hörten auf.«
»Gänzlich?«
»Ja.«
»Haben Sie mit ihr gebrochen?«

Er schüttelte den Kopf und hatte Lust, ihn zwischen seine Hände zu nehmen. Zum erstenmal wurde ihm die Schwierigkeit, wenn nicht Unmöglichkeit bewußt, die Wirklichkeit zum Ausdruck zu bringen.

»Das war kein Verhältnis...«
»Wie würden Sie es denn nennen?«
»Ich weiß nicht... Das hat sich so ergeben...«
»Erzählen Sie mir doch, wie es sich ergeben hat...«
»Auf eine ganz dumme Weise... Chaton und ich waren noch nicht verheiratet, aber wir lebten bereits zusammen...«

»Wie lange ist das her?«
»Acht Jahre...? Damals hatte ich mein Magazin noch nicht ins Leben gerufen, und ich lebte von Zeitungsartikeln... Außerdem schrieb ich Chansons... Wir wohnten in einem Hotel in Saint-Germain-des-Prés... Chaton arbeitete ebenfalls...«

»War sie da nicht noch Studentin?«

Er hatte erneut einen Blick in seine Unterlagen geworfen, um sein Gedächtnis aufzufrischen, und Alain fragte sich, was noch in diesen Akten stehen mochte.

»Doch. Sie hat zwei Jahre lang Philosophie studiert...«

»Fahren Sie fort.«

»Eines Tages...«

Es regnete, wie heute. Er war am frühen Abend zurückgekehrt und hatte statt seiner Frau Adrienne im Zimmer angetroffen.

»Jacqueline kommt nicht zum Abendessen. Sie ist unterwegs, um einen amerikanischen Schriftsteller im ›Georges V.‹ zu interviewen.«

»Was machst du hier?«

»Nichts. Ich bin vorbeigekommen, um ihr ein wenig Gesellschaft zu leisten. Sie ist aufgebrochen, und ich habe mir gedacht, ich warte auf dich.«

Damals war sie noch keine zwanzig. Sie war ebenso ruhig, scheinbar passiv wie Chaton überschwenglich.

Der Kommissar wartete nicht ohne eine gewisse Ungeduld. Er zündete sich eine Zigarette an, reichte Alain sein Päckchen, der sich seinerseits eine anzündete.

»Das hat sich so einfach zugetragen, daß ich in Verlegenheit wäre, es zu erzählen.«

»Liebten Sie sie?«

»Vielleicht. Vor zwei Stunden hätte ich wahrscheinlich noch mit Ja geantwortet. Jetzt würde ich mich nicht mehr unterstehen...«

Alles war anders geworden, seit ihm der schüchterne und höfliche Inspektor in den Hausflur gefolgt war und ihn darum gebeten hatte, mit ihm nach oben gehen zu dürfen.

»Ich glaube, alle Schwestern... Ich sollte nicht sagen, alle, aber viele... Ich persönlich weiß von mehreren solcher Fälle in meinem Bekanntenkreis...«

»Ihr Verhältnis hat also ungefähr sieben Jahre gedauert.«

»Das war kein Verhältnis... Ich wollte, ich könnte es Ihnen erklären... Wir haben einander nie die große Liebe geschworen... Ich liebte nach wie vor Chaton, die ich einige Monate später dann geheiratet habe...«

»Warum?«

»Warum ich sie geheiratet habe...? Nun...«

Ja, warum? Die Wahrheit war, daß er in der Nacht, in der er zu ihr über eine Heirat geredet hatte, betrunken gewesen war.

»Sie lebten zusammen... Sie hatten keine Kinder...«

Er hatte an einem Kneipentisch, umgeben von einigen ebenfalls angesäuselten Freunden, verkündet:

»In drei Wochen heiraten wir, Chaton und ich.«

»Warum in drei Wochen?«

»Um noch das Aufgebot zu bestellen.«

Es folgte eine Diskussion, die einen behaupteten, das Aufgebot dauere zwei Wochen, die anderen versicherten, es dauere drei Wochen.

»Das werden wir ja sehen, nicht wahr? Was hältst du davon, Chaton?«

Sie hatte sich an ihn geschmiegt, ohne zu antworten.

»Nach Ihrer Hochzeit haben Sie also Ihre Schwägerin weiterhin getroffen?«

»Meistens gemeinsam mit meiner Frau.«
»Und ohne sie?«
»Hin und wieder, über einen gewissen Zeitraum hinweg haben wir uns einmal pro Woche gesehen...«
»Wo?«
»Bei ihr... In dem Zimmer, in dem sie alleine wohnte, seit ihre Schwester bei ihr ausgezogen war...«
»Arbeitete sie?«
»Sie hörte Vorlesungen in Kunstgeschichte...«
»Und als sie verheiratet war?«
»Sie ist einen Monat lang mit ihrem Mann umhergereist... Kurz nach ihrer Rückkehr hat sie mich angerufen, um sich mit mir zu verabreden... Ich bin mit ihr in ein möbliertes Appartement in der Rue de Longchamp gegangen...«
»Ihr Schwager hatte nicht die geringste Ahnung?«
»Bestimmt nicht...«
Er war verblüfft, daß man ihm eine solche Frage stellte. Roland Blanchet war viel zu sehr Finanzinspektor und viel zu selbstbewußt, als daß er nur einen Moment auf den Gedanken gekommen wäre, seine Frau könnte intime Beziehungen mit einem anderen Mann haben.
»Ich hoffe, Sie haben ihn nicht danach gefragt?«
»Ein Drama reicht, nicht wahr?« bemerkte der Polizeibeamte trocken. »Und Ihre Frau?«
»Auch nicht... Sie hielt uns für gute Freunde... Ganz zu Anfang, vor der Hochzeit ihrer Schwester, meinte sie einmal:
›Schade, daß ein Mann nicht zwei Frauen heiraten kann...‹

Mir war klar, daß sie an Adrienne dachte...«

»Und seitdem? War ihre Ansicht unverändert?«

»Was soll ich Ihnen nach dem, was ich gerade erfahren habe, darauf antworten? Manchmal haben wir uns zwei, drei Monate lang nicht getroffen, Adrienne und ich... Sie hat zwei Kinder... Wir haben ebenfalls eins... Ihr Landhaus liegt in entgegengesetzter Richtung, im Forêt d'Orléans...«

»Was ist Weihnachten passiert?«

»Das war zwei Tage vor Weihnachten... Wir haben uns getroffen...«

»Immer noch in dem möblierten Appartement?«

»Ja... Wir sind ihm treu geblieben... Da wir das Fest jeder mit seiner Familie feiern würden, hatten wir beschlossen, gemeinsam eine Flasche Champagner zu trinken, bevor wir im Januar wieder zusammenkommen würden...«

»Wer hat beschlossen, Schluß zu machen?«

Er mußte nachdenken.

»Sie, nehme ich an... Das war zur Gewohnheit geworden, verstehen Sie...? Ich hatte immer mehr zu tun... Sie sagte etwas wie:

›Das Feuer ist erloschen, nicht wahr, Alain?‹«

»Hatten Sie auch den Wunsch, dieses Verhältnis zu beenden?«

»Vielleicht... Sie stellen mir Fragen, die ich mir nie gestellt habe...«

»Bedenken Sie, daß ich vor zwei Stunden weder von der Existenz Ihrer Frau noch der ihrer Schwester wußte und daß mir Ihr Name nur wegen Ihrer Zeitschrift nicht ganz fremd war...«

»Ich gebe mir Mühe, Ihre Fragen zu beantworten...«

Er schien sich zu entschuldigen, was nicht seinem Wesen entsprach. Nichts von all dem, was vorging, seit er den Fuß über die Schwelle der Kriminalpolizei gesetzt hatte, entsprach seinem Wesen.

»Ich erinnere mich, daß ich vorgeschlagen habe, uns ein letztes Mal zu lieben.«

»Hat sie eingewilligt?«

»Ihr war lieber, daß wir als gute Freunde auseinandergingen...«

»Und seitdem?«

»Nichts mehr... Chaton und ich waren zuweilen bei ihr zum Abendessen... Wir haben uns mit ihr und ihrem Mann im Theater oder im Restaurant getroffen...«

»Ihre Frau ist nicht irgendwie anders geworden?«

Er suchte intensiv nach winzigen Hinweisen, schüttelte den Kopf.

»Nein... Ich weiß nicht... Es tut mir leid, daß ich so oft diese Worte benutze, aber das ist alles, was mir einfällt...«

»Haben Sie jeden Abend gemeinsam gegessen?«

»Beinahe jeden Abend...«

»Zu zweit?«

»Selten... Wir haben viele Freunde, und wir sind verpflichtet, an einer gewissen Anzahl von Cocktailpartys, Soupers teilzunehmen...«

»Und am Wochenende?«

»Samstags sind wir ziemlich ungestört, aber Chaton hat fast immer einen Artikel zu schreiben... Manchmal bleibt sie einen Tag länger in Paris als ich... Sie hat sich auf Interviews mit auf der Durchreise befindlichen Persönlichkeiten spezialisiert... Also schön, sagen Sie mir endlich, warum hat sie ihre Schwester getötet?«

Er war plötzlich empört, empört und verwundert, daß er sein Ehe- und Liebesleben in Gesellschaft eines müden Polizeibeamten zerpflückte.

»Das versuchen wir doch beide herauszufinden, oder nicht?«

»Das ist nicht möglich...«

»Was ist nicht möglich?«

»Daß sie urplötzlich derart eifersüchtig auf Adrienne war, daß sie...«

»Lieben Sie einander sehr, Ihre Frau und Sie?«

»Ich sagte Ihnen bereits...«

»Sie haben mir von Ihren ersten Schritten in Saint-Germain-des-Prés erzählt... Aber seitdem...?«

»Wir lieben uns, ja...«

War es nicht Beweis genug, daß er in einem Maße niedergeschmettert war, daß er selbst nicht mehr ein noch aus wußte? Eine halbe Stunde, eine Stunde früher hatte Chaton sicher in dem gleichen Sessel gesessen, in dem er jetzt saß, vor dieser Lampe mit dem opalen Schirm, die ihm ins Gesicht schien.

»Haben Sie sie verhört?«

»Sie hat sich geweigert, auf meine Fragen zu antworten...«

»Hat sie nicht gestanden?«

Ein leiser Hoffnungsschimmer kam auf.

»Sie hat gestanden, daß sie auf ihre Schwester geschossen hat, sonst nichts.«

»Und sie hat nicht erklärt, weshalb?«

»Nein. Ich habe ihr vorgeschlagen, einen Anwalt ihrer Wahl zu Rate zu ziehen.«

»Was hat sie geantwortet?«

»Daß das Ihre Angelegenheit sei, sie persönlich kratze das nicht.«

Dieses »kratze das nicht« stammte nicht von Chaton. Das paßte nicht zu ihrem Wortschatz. Sie mußte einen anderen Ausdruck verwendet haben.

»Wie war sie?«

»Äußerlich gelassen. Sie hat mir selbst mit einem Blick auf die Uhr mitgeteilt:

›Alain und ich wollten uns um halb acht zu Hause treffen. Er wird sich Sorgen machen.‹«

»Wirkte sie bewegt?«

»Um Ihnen die Wahrheit zu sagen: nein. Ich habe in diesem Büro viele Männer und Frauen gesehen, die gerade ein Verbrechen begangen hatten. Ich kann mich nicht erinnern, daß jemals jemand eine solche Selbstbeherrschung oder eine solche Gleichgültigkeit an den Tag gelegt hat.«

»Weil Sie Chaton nicht kennen...«

»Wenn ich Sie recht verstehe, waren Sie nicht oft allein. Ich spreche von den letzten Jahren.«

»Zusammen, ja... Allein, nein... Vergessen Sie nicht, daß mich mein Beruf dazu zwingt, von morgens bis abends Leute zu sehen, oft bis in die frühen Morgenstunden...«

»Haben Sie eine Geliebte, Monsieur Poitaud?«

Wieder ein solches Wort, das ihm nichts bedeutete, das ihm derart altmodisch vorkam!

»Wenn Sie wissen wollen, ob ich mit anderen Frauen schlafe, dann antworte ich auf der Stelle mit Ja... Nicht mit einer, sondern mit Dutzenden... Jedesmal, wenn sich die Gelegenheit bietet und lohnenswert erscheint...«

»In Anbetracht des Charakters Ihrer Publikationen dürfte es Ihnen an Gelegenheiten nicht fehlen.«

Neid schwang in der Stimme des Kommissars mit.

»Kurz und gut, Sie wissen nichts. Sie hatten ein Verhältnis mit Ihrer Schwägerin, das im Dezember letzten Jahres zu Ende ging und von dem, soviel Sie wissen, Ihre Frau nichts ahnte. Dennoch wird es uns gelingen müssen, ihr Tun zu begreifen.«

Entrüstet warf ihm Alain einen merkwürdigen Blick zu. Was konnte dieser Mann, der nichts von ihrem Leben wußte, zu begreifen hoffen, wo doch schon er selbst nichts begriff?

»Überdies, für welche Zeitung arbeitet Ihre Frau?«

»Mal für diese, mal für jene... Sie war das, was wir *free lance* nennen, das heißt, sie arbeitete auf eigene Faust... Wenn sie einen Artikel oder eine Serie fertig hatte, wußte sie, welcher Zeitung, welcher Illustrierten sie ihre Arbeit anzubieten hatte... Sie arbeitete viel für englische und amerikanische Magazine...«

»Für Ihres nicht?«

»Diese Frage haben Sie mir schon einmal gestellt. Nein. Das ist nicht ihr Gebiet...«

»Haben Sie einen Anwalt, Monsieur Poitaud?«

»Selbstverständlich.«

»Würden Sie ihn, heute abend oder morgen, darum bitten, sich mit mir in Verbindung zu setzen?«

Der Kommissar erhob sich mit einem Seufzer der Erleichterung.

»Ich darf Sie bitten, nach nebenan zu gehen. Sie werden dort Ihre wesentlichen Aussagen wiederholen, und ein Stenograph wird sie mitschreiben.«

Wie Blanchet kurz zuvor. Was mochte Blanchet erzählt haben? Wie hatte er, der einen hervorragenden Posten bei der Banque de France innehatte, die Erniedrigung verkraftet, von einem Polizeibeamten verhört zu werden?

Der Kommissar hatte eine Tür geöffnet.

»Julien! Monsieur Poitaud wird vor Ihnen seine Aussagen zusammenfassen. Sie notieren sie, und morgen im Laufe des Tages wird er sie unterschreiben. Es ist höchste Zeit, daß ich nach Hause komme.«

Er wandte sich an Alain.

»Entschuldigen Sie, daß ich Sie aufgehalten habe, Monsieur Poitaud. Bis morgen.«

»Wann darf ich meine Frau sehen?«

»Darüber entscheidet der Untersuchungsrichter.«

»Wo schläft sie heute nacht?«

»Unten, in der Arrestzelle.«

»Muß ich ihr nichts schicken, Wäsche...?«

»Wenn Sie unbedingt wollen. Normalerweise, in der ersten Nacht...« Er sprach seinen Satz nicht zu Ende. »Sie brauchen den Koffer bloß am Quai de l'Horloge abzugeben.«

»Ich weiß...«

Die Zellen, der Hof, der Raum, in dem ein Arzt die Frauen untersuchte... Er hatte vor zehn Jahren einen Bericht darüber geschrieben...

»Ich rufe Sie an, wenn ich Sie brauche.«

Der stellvertretende Kommissar setzte seinen Hut auf, legte seinen Überzieher an.

»Vielleicht kommt Ihnen bis dahin eine Idee. Gute Nacht, Julien.«

Das Zimmer war kleiner, die Möbel aus hellem Holz und nicht aus Mahagoni wie nebenan.

»Name, Vorname, Alter, Beruf...«

»Alain Poitaud, geboren in Paris, Place Clichy, 32 Jahre alt, Herausgeber des Magazins *Toi*...«

»Verheiratet?«

»Ja, verheiratet. Ein Kind. Adresse in Paris: Rue Fortuny 17 b. Ständiger Wohnsitz: Les Nonnettes, in Saint-Illiers-la-Ville...«

»Sie machen folgende Aussage...«

»Ich mache keine Aussage. Ein Inspektor ist mit mir in meine Wohnung gegangen und hat mich gefragt, ob ich eine Waffe besitze... Ich habe das bejaht und meinen Browning in der Schublade gesucht, in der er sich gewöhnlich befindet... Er war nicht mehr dort... Der Inspektor hat mich hierhergebracht, und ein Kommissar, dessen Name mir entfallen ist...«

»Der stellvertretende Kommissar Roumagne.«

»Schön! Dieser Kommissar Roumagne also hat mir mitgeteilt, meine Frau habe ihre Schwester getötet... Er hat mir einen Browning gezeigt, den ich als den meinen zu erkennen glaube, obwohl er keine besonderen Kennzeichen hat und ich ihn nie benutzt habe... Er hat mich gefragt, ob ich die Gründe für die Tat meiner Frau kenne, und ich habe geantwortet, daß mir keiner bekannt sei...«

Er wanderte auf und ab wie in seinem eigenen Büro, dabei zog er nervös an seiner Zigarette.

»Das ist alles?«

»Es war noch von etwas anderem die Rede, aber ich vermute, daß das in einem Protokoll nichts zu suchen hat...«

»Worum handelt es sich?«

»Um meine Beziehungen zu meiner Schwägerin...«

»Intime Beziehungen?«

»Sie waren es...«

»Vor langer Zeit?«

»Das ist seit einem Jahr vorbei...«

Julien kratzte sich mit seinem Stift an der Stirn.

»Morgen ist immer noch Zeit, es hinzuzufügen, wenn der Kommissar dies für nützlich erachtet.«

»Darf ich gehen?«

»Was mich betrifft, ja, und wenn Sie nebenan fertig sind...«

Er trat wieder in den langen, feuchten Flur. Die alte Frau saß nicht mehr in dem verglasten Warteraum, und ein anderer Bürodiener trug inzwischen die silberne Kette und die Medaille. Am Fuß der Treppe erwartete ihn wieder der Regen, der böige Wind, aber er bequemte sich nicht dazu, seine Schritte zu beschleunigen, so daß er völlig durchnäßt in seinen Wagen einstieg.

2

Erneut nach vorn gebeugt, um trotz allem etwas durch die Windschutzscheibe zu erkennen, fuhr er die Champs-Élysées entlang, ohne den Versuch zu unternehmen, seine Gedanken zu ordnen. Er nahm es dem schüchternen Inspektor, dem Kommissar Roumagne und Julien, dem teilnahmslosen Stenographen, übel, daß sie ihn gedemütigt hatten, genauer gesagt: daß sie ihn mit ihren Fragen so sehr verwirrt hatten, daß er sich nicht mehr zurechtfand.

Er bremste abrupt ab, als er einen Parkplatz vor einer Bar erblickte, auf die Gefahr hin, daß der Wagen hinter ihm, dessen Fahrer wild gestikulierte und lauthals schimpfte, mit ihm kollidierte. Er brauchte einen Schluck. Er kannte die Bar nicht, und der Barkeeper kannte ihn auch nicht.

»Einen Scotch... Einen doppelten...«

Er trank viel. Chaton auch. Ebenso fast alle seine Freunde, all seine Mitarbeiter. Persönlich hatte er den Vorteil, nie richtig betrunken zu sein und am nächsten Morgen nicht unter einem Kater zu leiden.

Es war undenkbar, daß seine Frau nach einem Jahr...

Fast hätte er sich halb umgewandt, um mit ihr zu reden, als säße sie auf dem Hocker neben ihm. Im allgemeinen saß sie dort.

Was hatte der stellvertretende Kommissar eigentlich über ihre Beziehungen wissen wollen? Wie hätte er es ihm erklären sollen? Man hatte ihn gefragt, ob er sie immer noch liebe. Was bedeutete dieses Wort?

Das spielte sich anders ab, als sich der Kommissar vorstellte. Zumeist war er in seinem Büro in der Rue de Marignan oder in der Druckerei. Sie rief ihn an.

»Hast du heute abend schon etwas vor?«

Er fragte sie dann nicht, wo sie war. Sie fragte ihn nicht, was er gerade tat.

»Noch nicht.«

»Sehen wir uns?«

»Sagen wir um acht, im ›Clocheton‹?«

Ein Lokal gegenüber seinem Büro. Es gab in Paris eine Reihe von Lokalen, in denen sie sich trafen. Mitunter wartete sie eine ganze Stunde auf ihn, ohne ungeduldig zu werden. Er setzte sich neben sie.

»Einen doppelten Scotch.«

Sie küßten sich nicht, stellten keinerlei Fragen, außer:

»Wo wollen wir essen?«

Fast immer in einem Bistro, das gerade mehr oder weniger in Mode war. Wenn sie allein dorthin gingen, trafen sie regelmäßig Freunde an, und meist endete das damit, daß sie sich zu acht oder zehn Personen an einem Tisch zusammensetzten.

Sie saß dann neben ihm. Er achtete nicht darauf. Er war sich bloß ihrer Gegenwart bewußt. Sie hinderte ihn weder daran, zu trinken, noch zu vorgerückter Stunde dumme Spiele zu erfinden, so etwa, sich vor einem fahrenden Wagen aufzupflanzen, um die Reflexe des

Fahrers zu testen. Hundertemal wäre er beinahe ums Leben gekommen. Seine Freunde auch.

»Jetzt hauen wir bei Hortense auf den Putz...«

Eine Nachtbar, in der sie häufig verkehrten. Hortense mochte sie, doch gleichzeitig hatte sie ein wenig Angst vor ihnen.

»Es ist stinklangweilig bei dir, meine Liebe. Wer ist denn dieser alte Schwachkopf da drüben...?«

»Sei still, Alain. Das ist ein einflußreicher Mann, der...«

»Mir gefällt seine Krawatte nicht.«

Hortense resignierte. Alain stand auf, trat auf den Herrn zu und begrüßte ihn freundlich.

»Wissen Sie, daß mir Ihre Krawatte nicht gefällt? Also nein, ganz und gar nicht...«

Der Mann, meist in Begleitung, wußte nichts zu antworten.

»Gestatten Sie?«

Mit einer raschen Bewegung riß er sie ihm ab, holte eine Schere aus seiner Tasche, um sie zu zerschneiden.

»Das können Sie als Andenken behalten.«

Einige zuckten nicht mit der Wimper. Andere, die es auf einen Streit ankommen ließen, mußten fast immer klein beigeben.

»Kellner, das gleiche noch mal.«

Er leerte sein Glas in einem Zug, wischte sich über die Lippen, zahlte und kämpfte sich erneut durch den dichten Regen, um sich in seinem Wagen zu verschanzen.

Zu Hause schaltete er sämtliche Lampen an. Er fragte sich, wozu er überhaupt gekommen war. Es war ein eigenartiges Gefühl, sich ohne Chaton in diesen Räumen aufzuhalten.

Eigentlich hätte er jetzt in der Avenue de Suffren sein sollen, in dem neuen Restaurant, das Peter entdeckt hatte und in dem sie zu einem Dutzend Leute zu Abend essen wollten. Sollte er sie anrufen, um sich zu entschuldigen?

Er zuckte mit den Schultern, ging auf die Bar zu, die er in einer Ecke des Studios hatte einrichten lassen. Ein berühmter Maler hatte einst darin gearbeitet, ein Porträtist, dessen Name in niemandes Munde mehr war. Das war gegen 1910.

Er trank ungern allein.

»Auf dein Wohl, meine Liebe!«

Er reckte sein Glas ins Leere, einer imaginären Chaton entgegen. Danach starrte er auf das Telefon.

Wen sollte er anrufen? Ihm war, als müßte er jemanden anrufen, aber er wußte nicht mehr, wen. Er hatte nichts gegessen. Unwichtig. Er hatte keinen Hunger.

Wenn er einen richtigen Freund gehabt hätte...

Er hatte Freunde, Dutzende von Freunden, die, die mit ihm bei der Zeitschrift arbeiteten, Schauspieler, Regisseure, Sänger, ganz zu schweigen von den Barkeepern und Oberkellnern.

»Hör zu, Schnuckelchen...«

Er nannte alle Welt *Schnuckelchen*. Auch Adrienne. Seit dem Tag, an dem er sie kennengelernt hatte. Er hatte nicht angefangen. Sie war zu ruhig, zu fade für seinen Geschmack. Darin hatte er sich geirrt. Sie war nicht fade, er hatte drei Monate gebraucht, um dahinterzukommen.

Was ging jetzt wohl in ihrem Idioten von Ehemann vor? Er mochte Blanchet nicht. Er haßte Leute seines Schlags, selbstsicher, würdevoll und steif, ohne einen Funken Phantasie.

Und wenn er Blanchet anrief? Nur um zu erfahren, wie er die Sache aufgenommen hatte...?

Sein Blick wanderte zu der Kommode, und ihm fiel ein, daß er seiner Frau Wäsche und andere Utensilien bringen mußte. Die Koffer befanden sich in den Wandschränken, die den Flur ausfüllten. Er wählte einen ziemlich großen Koffer.

Was trägt eine Frau in einer Arrestzelle? Die Schublade war voll Spitzenwäsche, und er war überrascht, so viel davon vorzufinden. Er wählte einige Nylonhemden, Schlüpfer, drei Pyjamas, dann schaute er nach, ob das Necessaire aus Krokoleder eine Zahnbürste und Seife enthielt.

Er erwog, ein weiteres Glas zu trinken, verließ dann achselzuckend die Wohnung, ohne das Licht auszumachen, und schloß die Tür ab. Er fuhr durch einen großen Teil von Paris unter einem inzwischen weniger dichten Regen. Der Wind hatte nachgelassen. Jetzt war es eher ein Herbstregen, fein, sanft und kalt, ein Regen, der tagelang zu fallen drohte. Die Passanten gingen schnell und vornübergebeugt, sprangen zur Seite, wenn ein Wagen vorüberfuhr und sie vollspritzte.

Quai de l'Horloge. Ein trübes Licht über der steinernen Toreinfahrt. Ein sehr breiter Gang, sehr lang, wie ein Stollen, an dessen Ende ein uniformierter Beamter hinter einem Schreibtisch saß. Der Mann blickte ihn neugierig an, als er mit seinem Koffer näher trat.

»Sie haben doch eine Madame Jacqueline Poitaud hier?«

»Einen Augenblick.«

Er schlug in einem Verzeichnis nach.

»Stimmt.«

»Würden Sie ihr diesen Koffer überreichen?«

»Da muß ich erst meinen Chef fragen.«

Er stand auf und klopfte an eine Tür, verschwand, tauchte einige Minuten später gemeinsam mit einem dicken Mann wieder auf, der den Knoten seiner Krawatte gelockert, seinen Hemdenkragen geöffnet und den Gürtel seiner Hose aufgeschnallt hatte.

»Sie sind der Ehemann?«

»Ja.«

»Haben Sie einen Ausweis?«

Er zeigte ihn ihm, und der Mann blätterte eine Weile darin herum.

»Machen Sie nicht diese Zeitung mit den komischen Bildern? Ich muß nachsehen, was in dem Koffer ist.«

»Sehen Sie nach.«

»Es ist Vorschrift, daß Sie ihn öffnen.«

Da standen sie alle drei, in diesem schlecht beleuchteten Tunnel. Alain öffnete den Koffer, dann das Reisenecessaire. Der Beamte wühlte mit seinen Fingern in der Wäsche, fischte die Nagelschere, die Feile und die Pinzetten aus dem Necessaire, ließ nur die Zahnbürste und die Seife darin.

Nach und nach reichte er Alain die Gegenstände, der sie mechanisch in seine Tasche steckte.

»Bringen Sie ihr die Sachen sofort?«

Er warf einen Blick auf eine große Taschenuhr.

»Es ist halb elf. Laut Vorschrift...«
»Wie geht es ihr?«
»Ich habe sie nicht gesehen.«
Natürlich interessierte sich niemand für Chatons Verhalten.
»Hat sie eine Zelle für sich allein?«
»Bestimmt nicht. Zur Zeit herrscht Hochbetrieb.«
»Sie wissen nicht, wer bei ihr ist?«
Sein Gegenüber zuckte mit den Schultern.
»Wahrscheinlich eins der Mädchen. Wir bekommen ständig neue gebracht. Da, sehen Sie! Schon wieder eine Fuhre...«
Ein Gefängniswagen hatte am Rande des Bürgersteigs angehalten, und Inspektoren in Zivil stießen eine Gruppe von Frauen unter das Gewölbe. Er begegnete ihnen, als er hinausging. Einige lächelten ihn an. Man sah, daß die meisten Stammkundinnen waren, aber drei oder vier von ihnen, die noch jünger waren, blickten ängstlich in die Runde.
Was sollte er tun? So früh am Abend kam er sonst nie nach Hause, nicht einmal mit Chaton. Wenn er sich nicht bis zur Besinnungslosigkeit betrank, würde es ihm nicht gelingen, einzuschlafen, und den Gedanken, die ihm durch den Kopf gingen, konnte er keinerlei Geschmack abgewinnen.
Dieses plötzliche Gefühl der Einsamkeit war neu für ihn. Er saß in seinem Wagen, auf der dunklen und verlassenen Quaimauer, und hörte das Plätschern der angeschwollenen Seine, während er sich eine Zigarette anzündete, und er hatte nicht die leiseste Ahnung, wohin er sich wenden sollte.

Es gab zwanzig, wenn nicht fünfzig Nachtbars oder Cabarets, in denen er sicher sein konnte, Leuten zu begegnen, die er seit Jahren Schnuckelchen nannte und die, nachdem sie kurz seine Hand berührt hatten, als erstes vorbringen würden:

»Scotch?«

Auch Frauen, Frauen aller Art, mit denen er geschlafen hatte, und solche, mit denen er es noch nicht getan oder Lust gehabt hatte, es zu tun.

Der Sitz neben ihm war leer und kalt.

In die Rue de l'Université? Zu seinem Schwager? Was für ein Gesicht sein würdevoller und einflußreicher Schwager wohl gemacht hatte, als er erfuhr, seine Frau sei von einer Kugel in...

Richtig, man hatte ihm nicht gesagt, ob Chaton in den Kopf oder in die Brust gezielt hatte. Er wußte nur, daß sie anschließend das Gesicht gegen die Scheibe gepreßt hatte, was typisch für sie war. Das tat sie oft. Wenn er sie dann ansprach, reagierte sie nicht, und erst später drehte sie sich um, um mit Unschuldsmiene zu fragen:

»Hast du etwas gesagt?«

»Woran hast du gedacht?«

»An nichts. Du weißt doch, ich denke nie an etwas.«

Ein seltsames Mädchen. Ebenso Adrienne, deren große Augen mit den langen Wimpern die meiste Zeit über keinerlei Gefühl ausdrückten. Alle Mädchen waren seltsam. Die Jungen auch. Man redet über sie, ohne etwas zu wissen. Man schreibt Dinge über sie, die nichts mit der Wirklichkeit zu tun haben. War er nicht auch ein seltsamer Kerl?

Ein Polizist, der an die frische Luft gegangen war und seinen Gürtel zuschnallte, trat zwei Schritte vor, um ihn aufmerksam zu beobachten. Alain ließ lieber den Motor an.

Morgen früh, die Zeitungen... Er wunderte sich, daß er noch keinem Reporter oder Fotografen begegnet war. Man mußte versuchen, die Affäre so lange wie möglich totzuschweigen. Mit Rücksicht auf ihn oder mit Rücksicht auf seinen Schwager, der ein hoher Beamter war?

Sie waren allesamt hohe Beamte in der Familie Blanchet, der Vater und die drei Söhne. Als das erste Kind zur Welt kam, hatte man den Beschluß gefaßt:

»Technische Hochschule!«

Beim zweiten hieß es Pädagogische Hochschule. Beim dritten Finanzinspektion.

Das hatte funktioniert. Sie waren alle wichtige Persönlichkeiten geworden, saßen in geräumigen, stattlichen Büros, einen Amtsdiener mit Kette vor der Tür.

Sie waren Schleimer!

»So eine Scheiße! Scheiße! Scheiße!«

Er hatte es satt. Er hätte gern etwas getan, mit jemandem geredet, wußte jedoch immer noch nicht, mit wem. Er betrat eine Bar an der Rue de Rivoli, die er kannte.

»'n Abend, Gaston.«

»Allein, Monsieur Alain?«

»Da siehst du, wie es kommen kann.«

»Einen doppelten Scotch?«

Er zuckte mit den Schultern. Warum sollte er plötzlich zu einem anderen Getränk übergehen?

»Ich hoffe, Madame Chaton geht es gut?«
»Sehr gut, nehme ich an.«
»Ist sie nicht in Paris?«
Ihn überkam wieder die Lust, andere zu brüskieren.
»Und ob sie in Paris ist. Mittendrin, im Herzen der Stadt.«
Gaston schaute ihn verständnislos an. Ein Pärchen an der Theke, das mithörte, beobachtete ihn in dem Spiegel hinter den Flaschen.
»Meine Frau ist in Gewahrsam.«
Das Wort löste keinerlei Reaktion bei dem Barkeeper aus.
»Kennst du die Arrestzellen am Quai de l'Horloge?«
Ohne bestimmten Grund bemühte sich Gaston zu lächeln.
»Sie hat ihre Schwester umgebracht.«
»Ein Unfall?«
»Wohl kaum, denn sie hatte eine Pistole in der Hand.«
»Sie scherzen, nicht wahr?«
»Morgen kannst du alles in der Zeitung lesen. Halt mich ab.«
Er legte einen Hundertfrancschein auf die Theke, stieg von seinem Hocker, ohne einen Entschluß gefaßt zu haben, und eine Viertelstunde später bog er wieder in seine Straße ein. Auf dem Bürgersteig in Höhe der Tür hatten sich rund zwanzig Personen versammelt, unter denen die Fotografen leicht an ihrer Ausrüstung zu erkennen waren.
Fast hätte er das Gaspedal durchgedrückt. Wozu? Er hielt an, und die Blitzlichter zuckten. Sie stürzten auf

den Wagen zu, und er stieg so würdevoll wie möglich aus.

»Einen Moment, Alain...«

»Nur zu, Jungs...«

Er stellte sich in Positur, erst vor dem offenen Wagen an der Bordsteinkante, dann mit einer Zigarette zwischen den Lippen. Die Reporter hatten ihre Blöcke gezückt.

»Sagen Sie, Monsieur Poitaud...«

Ein junger Kerl, der noch nicht wußte, daß ihn alle Welt Alain nannte.

»Findet ihr es hier nicht ein wenig feucht, Jungs? Warum gehen wir nicht hoch zu mir?«

Man hätte ihn schon gut kennen müssen, wie Chaton, um zu merken, daß seine Stimme nicht ihren üblichen Klang hatte. Sie war nicht tonlos wie am Quai des Orfèvres. Ganz im Gegenteil, sie hatte ein metallisches Vibrieren.

»Kommt rein... Wo ihr schon mal da seid...«

Sie zwängten sich zu acht in den Aufzug, die anderen rannten die Treppe hinauf. Sie sammelten sich auf dem Treppenabsatz, während Alain seinen Schlüssel suchte. Schließlich fand er ihn in einer Tasche, in die er ihn sonst nie steckte.

»Durst?« fragte er und steuerte auf die Bar zu, im Gehen warf er seinen Mantel auf einen Sessel.

Die Fotografen zögerten, rangen sich durch, und er zuckte nicht mit der Wimper, als er das Klicken der Apparate vernahm.

»Whisky für alle?«

Einer nur bat um einen Fruchtsaft. Die feuchten

Schuhe hinterließen dunkle Abdrücke auf dem hellblauen Teppichboden. Ein großer knochiger Junge saß mit durchnäßtem Mantel in einem weißen Satinsessel.

Das Telefon klingelte. Langsam schlenderte er auf den Apparat zu. Er hielt sein Glas in der freien Hand und trank es halb leer, bevor er sich meldete.

»Alain, ja... Natürlich bin ich zu Hause, wo ich doch den Hörer abnehme... Aber sicher habe ich deine Stimme erkannt... Ich hoffe, es versetzt dir keinen seelischen Schock, daß ich dich weiter duze...«

Zu den Journalisten gewandt, erklärte er:

»Mein Schwager... der Ehemann...« Dann, wieder in den Apparat: »Du warst hier...? Wann...? Du hast mich verpaßt... Ich habe Chaton Wäsche vorbeigebracht... Fast wären wir uns bei der Kriminalpolizei begegnet... Du warst in einem der Zimmer, ich in einem anderen...«

»Was sagst du...? Du findest, ich mache Witze...? Entschuldige, wenn ich dir das in einem solchen Moment noch einmal sage, aber du bist und bleibst ein vornehmer Trottel... Ich bin ebenso erschüttert wie du, wenn nicht mehr... Erschüttert ist nicht das rechte Wort... Niedergeschmettert...

Wie bitte...? Was man mich gefragt hat...? Was ich weiß, natürlich... Ich habe gesagt, daß ich überhaupt nichts weiß... Das ist die Wahrheit... Und du, weißt du etwas...? Hast du eine Ahnung...?«

Die Reporter schrieben eifrig mit, die Fotografen knipsten, allmählich durchzog der Duft des Whiskys das Appartement.

»Bedient euch, meine Schnuckelchen...«

»Was sagst du da?« fragte sein Schwager beunruhigt. »Bist du nicht allein?«

»Wir sind... Warte, ich zähle nach... Mit mir sind wir neunzehn... Keine Bange, wir feiern keine Orgie... Acht Fotografen... Der Rest Journalisten... Gerade kommt eine junge Frau herein, also auch eine Journalistin... Bedien dich, Schnuckelchen...«

»Wie lange werden sie bei dir bleiben?«

»Soll ich sie mal fragen? Wie lange gedenkt ihr zu bleiben, Kinder?« Wieder in den Hörer: »Vielleicht eine halbe Stunde... Lang genug, um mir ein paar Fragen zu stellen...«

»Was wirst du ihnen sagen?«

»Was hast du ihnen gesagt?«

»Ich habe sie vor die Tür gesetzt.«

»Das war ein Fehler.«

»Ich hätte dich erleben wollen.«

»Jetzt ist es zu spät.«

»Könntest du nicht nachher bei mir vorbeikommen?«

»Ich fürchte, dann bin ich nicht mehr in der Lage zu fahren.«

»Hast du getrunken?«

»Nicht überdurchschnittlich.«

»Findest du nicht, in solch einem Moment...«

»Gerade in solch einem Moment hat man das Bedürfnis, auf andere Gedanken zu kommen.«

»Ich komme vorbei.«

»Hier? Heute abend?«

»Es ist ungemein wichtig, daß wir miteinander reden.«

»Wichtig für wen?«

»Für alle.«

»Besonders für dich, nicht wahr?«

»Ich werde in einer Stunde da sein. Versuche bis dahin ein wenig kühlen Kopf und Haltung zu bewahren.«

»Das tust du doch für zwei.«

Keinerlei Rührung in der Stimme seines Schwagers. Kein Wort über Adrienne, die um diese Zeit wahrscheinlich im Gerichtsmedizinischen Institut zerschnippelt wurde, oder über das Schicksal Chatons.

»Schießt los, Schnuckelchen... Viel mehr, als ihr gerade gehört habt, kann ich euch nicht sagen... Ich bin nach Hause gekommen, um mich für ein Abendessen mit Freunden in der Stadt umzuziehen... Ich rechnete damit, meine Frau anzutreffen... Ein Polizeiinspektor wartete unten vor der Tür...«

»Hat er Ihnen die Nachricht verkündet? Hier?«

»Nein... Er wollte wissen, ob ich eine Pistole besitze... Ich sagte ja... Ich habe in der Schublade nachgesehen, und sie war nicht mehr da... Der junge Mann hat mich zu seinem Chef zur Kriminalpolizei mitgenommen...«

»Zu Kommissar Roumagne?«

»So heißt er...«

»Wie lange hat die Vernehmung gedauert?«

»Knapp eine Stunde... Ich weiß es nicht genau...«

»Wie war Ihre Reaktion, als Sie erfuhren, Ihre Frau habe ihre Schwester getötet?«

»Ich bin wie vor den Kopf geschlagen... Ich verstehe es nicht...«

»Verstanden sich die beiden Frauen gut?«
»Wie zwei Schwestern...«
»Glauben Sie an ein Eifersuchtsdrama?«
»Zu einem Eifersuchtsdrama gehört normalerweise ein Dritter...«
»Eben...«
»Seid ihr euch im klaren, was das hieße?«
Sie verstummten.
»Wenn es jemand gibt, kenne ich ihn nicht.«
Einige schauten sich verständnisinnig an.
»Eure Gläser sind leer...«
Er schenkte sich nach, drückte einem Fotografen die Flasche in die Hand.
»Schenk deinen Kollegen ein, Schnuckelchen...«
»Halfen Sie Ihrer Frau bei ihrer Arbeit?«
»Ich habe nicht einmal ihre Artikel gelesen.«
»Weshalb? Fanden Sie sie uninteressant?«
»Im Gegenteil! Ich wollte, daß sie sich frei fühlte, zu schreiben, was ihr am Herzen lag.«
»Hatte sie nie den Wunsch, für *Toi* zu arbeiten?«
»Sie hat mich nie danach gefragt.«
»Lebten Sie einträchtig zusammen?«
»Ja.«
»Glauben Sie, sie hat die Tat geplant?«
»Ich weiß nicht mehr als ihr. Keine Fragen mehr...? Morgen bin ich bestimmt wieder ein normaler Mensch und kann einen klaren Gedanken fassen... Im Augenblick geht in meinem Kopf alles drunter und drüber, und ich erwarte meinen Schwager, der euch ungern begegnen würde...«
»Er arbeitet bei der Banque de France, nicht wahr?«

»Genau... Ein sehr einflußreicher Herr, euer Chefredakteur wird euch raten, ihn zu schonen...«

»Das haben Sie vorhin aber ganz und gar nicht...«

»Eine alte Angewohnheit. Ich hatte immer schon schlechte Manieren.«

Schließlich gingen sie, und Alain drückte schweren Herzens die Tür zu, er betrachtete die leeren Gläser und Flaschen ringsrum, die Sessel und Stühle, die verrückt waren, die auf dem Teppichboden verstreuten Filmpackungen. Es fehlte nicht viel, und er hätte vor Blanchets Eintreffen noch aufgeräumt, er bückte sich, richtete sich wieder auf und zuckte mit den Schultern.

Er hatte den Aufzug kommen hören, aber er wollte warten, bis sich Blanchet wie jeder andere die Mühe machte zu klingeln. Jener schien sich nicht entscheiden zu können, er blieb einen Moment auf dem Treppenabsatz stehen, vielleicht zögerlich, oder um Haltung zu gewinnen.

Endlich ertönte die Klingel, und Alain ging langsam zur Tür und machte auf. Er reichte ihm nicht die Hand. Sein Schwager, dessen Überzieher und Hut voll kleiner Tropfen waren, ihm ebenfalls nicht.

»Bist du allein?«

Er wirkte mißtrauisch, und beinahe hätte er im Schlafzimmer, im Bad und in der Küche nachgesehen, ob auch niemand lauschte.

»Und ob ich allein bin.«

Blanchet legte seinen Mantel noch nicht ab, behielt seinen Hut in der Hand, besah sich die Gläser und Flaschen.

»Was hast du ihnen gesagt?«
»Nichts.«
»Irgend etwas mußt du doch auf ihre Fragen geantwortet haben. Wenn man die Journalisten schon hereinläßt...«
»Was hättest du ihnen denn erzählt?«
Die Blanchets waren allesamt groß, breitschultrig, mit mächtigem Brustkasten und gerade jenem Maß an Korpulenz, das einem ein würdiges Aussehen verlieh. Der Vater war zweimal Minister gewesen. Der eine oder andere seiner Söhne würde es eines Tages ebenfalls werden. Sie blickten mit Gönnermiene auf andere herab und schienen denselben Schneider zu haben.
Endlich entledigte sich Adriennes Gatte seines Überziehers, er warf ihn auf einen Stuhl und beeilte sich, zu protestieren, als sich Alain ein Glas einschenkte:
»Danke, für mich nichts.«
»Das ist für mich.«
Es folgte ein langes und recht peinliches Schweigen. Alain war, nachdem er sein Glas neben einem Sessel abgestellt hatte, mechanisch auf die noch mit Tausenden von Regentropfen übersäte Fensterfront zugegangen, hinter der die Lichter der Stadt blinkten. Nach einer Weile ertappte er sich dabei, daß er die Stirn gegen die kalte Scheibe preßte, um sie zu kühlen, und er schreckte zurück. War das nicht die gleiche Haltung wie Chatons in der Rue de l'Université, neben dem Leichnam Adriennes?
Blanchet hatte schließlich doch Platz genommen.
»Und weshalb wolltest du unbedingt heute abend noch vorbeikommen?«

»Wir müssen uns einigen, nehme ich an.«
»Worüber?«
»Was wir sagen.«
»Wir sind doch schon verhört worden.«
»Nur oberflächlich, was mich betrifft, und zwar von einem stellvertretenden Kommissar, der sich die Sache leichtmacht. Morgen oder übermorgen werden wir von einem Untersuchungsrichter vernommen.«
»Das ist in den meisten Fällen so.«
»Was wirst du ihm sagen?«
»Daß ich es nicht verstehe.«

Blanchet warf ihm einen eindringlichen Blick zu, aus dem Furcht, Wut und Verachtung zugleich sprachen.

»Ist das alles?«
»Was sollte ich sonst sagen?«
»Hat sich Jacqueline schon für einen Anwalt entschieden?«
»Anscheinend überläßt sie das mir.«
»Wen hast du genommen?«
»Ich weiß es noch nicht.«
»Der Anwalt wird die Aufgabe haben, seine Mandantin zu verteidigen.«
»Ich hoffe es.«
»Mit allen Mitteln.«
»Ich nehme es an.«

Alain gebärdete sich mit Absicht so. Er hatte seinen Schwager, dessen augenblickliches Verhalten ihn anwiderte, noch nie leiden können.

»Worauf wird er plädieren?«
»Das ist seine Sache, aber ich glaube kaum, daß er auf Notwehr plädieren wird.«

»Also?«

»Nun, was schlägst du vor?«

Entrüstet stieß Blanchet mit einem gewissen Nachdruck hervor:

»Du scheinst zu vergessen, daß ich der Ehemann des Opfers bin.«

»Und ich der Ehemann einer Frau, die sicherlich einen großen Teil ihres Lebens im Gefängnis verbringen wird.«

»Durch wessen Schuld?«

»Weißt du es?«

Erneutes Schweigen. Alain zündete sich eine Zigarette an, hielt Blanchet sein Etui hin, doch dieser winkte ab. Wie würde er darauf zu sprechen kommen, ohne das Gesicht zu verlieren? Denn ihm schwirrte nur ein Gedanke durch den Kopf, genauer gesagt eine Frage, und er suchte nach dem rechten Weg, sie zu stellen.

»Der Kommissar wollte wissen, ob wir eine harmonische Ehe führten.«

Alain konnte sich einen ironischen Blick nicht verkneifen.

»Ich habe ja gesagt.«

Er machte sich ein wenig Vorwürfe, daß er diesen großen, schlaffen Mann zappeln ließ, ohne ihm aus der Klemme zu helfen. Dabei bemerkte er durchaus die Anstrengung, die es seinen Schwager kostete, in ruhigem Ton zu sprechen.

»Ich habe ihm versichert, Adrienne und ich hätten uns noch wie am ersten Tag geliebt.«

Seine Stimme klang dumpf.

»Bist du sicher, daß du nichts trinken willst?«

»Nein. Nichts. Er hat ziemlich hartnäckig nach den Nachmittagen gefragt, ich weiß nicht, aus welchem Grund.«

»Wessen Nachmittage?«

»Adriennes natürlich. Er wollte unbedingt wissen, ob sie nach dem Mittagessen ausging, ob sie sich mit Freundinnen traf...«

»Tat sie das?«

Er zögerte.

»Ich weiß es nicht. Wir hatten oft Gäste zum Abendessen. Oder wir waren in der Stadt zum Essen eingeladen. Manchmal trafen wir uns auf einer Cocktailparty oder bei einem offiziellen Empfang. Hin und wieder ging Adrienne mit den Kindern spazieren. Sie ging mit ihnen und dem Kindermädchen in den Zoologischen Garten.«

»Hast du das dem Kommissar gesagt?«

»Ja.«

»Und er schien nicht befriedigt?«

»Nicht ganz.«

»Und du?«

Es folgte, in indirekter Form, das erste Eingeständnis.

»Ich auch nicht...«

»Weshalb?«

»Weil ich heute abend Nana gefragt habe.«

Nana war das zweite oder dritte Kindermädchen seit der Geburt der Kinder, und alle nannten sie Nana, der Einfachheit halber.

»Sie hat zunächst gezögert, dann hat sie mir weinend gestanden, daß meine Frau nicht immer im Zoologischen Garten blieb, sondern zuweilen allein aufbrach und erst am frühen Abend zurückkam, um sie abzuholen.«

»Frauen haben öfters Besorgungen zu machen.«

Man sah deutlich, wie er seinen Speichel schluckte, während er Alain ins Gesicht blickte, dann schlug er die Augen nieder.

»Sagst du mir die Wahrheit?«

»Was für eine Wahrheit?«

»Du bist dir doch darüber im klaren, daß es unvermeidlich ist, daß sie auf diese oder jene Weise ohnehin herauskommt. Ein Mord ist begangen worden, und unser Privatleben wird bald an die Öffentlichkeit gezerrt.«

Alain hatte noch keinen Entschluß gefaßt.

»Außerdem, ich muß dir gestehen, ich kann nicht...«

Er sprach nicht zu Ende und fuhr mit dem Taschentuch vor sein Gesicht. Er hatte sich gut gehalten, solange es ging. Jetzt brach er zusammen. Alain wandte sich schamhaft ab, ließ seinem Schwager Zeit, sich zu fassen.

Danach würde er allmählich zur Tat schreiten müssen, und als erstes trank er sein Glas aus. Er mochte Blanchet nicht. Er würde ihn niemals mögen. Trotzdem empfand er Mitleid mit ihm.

»Was möchtest du wissen, Roland?«

Zum ersten Mal an diesem Abend redete er ihn bei seinem Vornamen an.

»Errätst du es nicht? Hast du... Habt ihr, du und Adrienne...?«

»Schön! Steck dein Taschentuch ein. Versuch ein einziges Mal deine Gefühle und deinen Sinn für Würde auseinanderzuhalten. Wir reden von Mann zu Mann. Einverstanden?«

Er holte tief Luft und murmelte:

»Einverstanden.«

»Merk dir als erstes, daß ich kein Süßholz raspele. Was ich dir sage, ist exakt die Wahrheit, selbst wenn ich zuweilen anders darüber gedacht habe. Als wir uns begegneten, Chaton und ich, habe ich Monate gebraucht, um herauszufinden, daß ich sie liebte. Sie trottete wie ein Hündchen hinter mir her. Ich gewöhnte mich daran, sie an meiner Seite zu haben. Wenn wir uns wegen unserer Arbeit für einige Stunden trennten, fand sie Mittel und Wege, mich anzurufen. Wir schliefen gemeinsam, und wenn ich nachts wach wurde, tastete ich das Bett neben mir ab, bis meine Hand gegen ihren Körper stieß.«

»Ich bin nicht gekommen, um mit dir über Chaton zu reden.«

»Warte. Heute abend sehe ich klar. Es kommt mir vor, als sähe ich die Dinge zum erstenmal so, wie sie sind. Dann begannen die Ferien. Sie war gezwungen, sie bei ihren Eltern zu verbringen.«

»War Adrienne schon in Paris?«

»Ja, aber ich kümmerte mich nicht um sie, ebensogut hätte ein Kanarienvogel an ihrer Stelle im Zimmer sein können. Chaton reiste für einen Monat ab, und eine Woche später fühlte ich mich hilflos. Meine Hand fand nachts nur die Bettdecke. Im Restaurant, in den Lokalen beugte ich mich nach rechts, um mit ihr zu reden.

Das war der längste Monat meines Lebens. Um ein Haar hätte ich sie angerufen, sie möge zurückkommen, komme, was wolle.«

Der Vater war Professor für Literaturwissenschaft an der Universität zu Aix-en-Provence. Die Familie hatte eine kleine Villa in Bandol, in der sie sich jeden Sommer versammelte.

Er hatte es nicht gewagt, nach Bandol zu fahren, da er zu leicht aufgefallen wäre.

»Als sie zurückkam, hatte ich mich noch nicht entschieden. Eines Nachts dann, urplötzlich, in einem Nachtlokal auf dem linken Seineufer, inmitten einer Schar von Freunden, habe ich sie gefragt, ob sie mich heiraten wolle. Das war's.«

»Das erklärt nicht...«

»Das erklärt alles, im Gegenteil. Ich weiß nicht, ob es das war, was man Liebe nennt, aber so hat sich die Sache eben abgespielt. Wir haben uns hart durchschlagen müssen. Nicht jeden Tag. Es gab fette Tage und magere Tage. Sie schaffte es nicht, ihre Manuskripte an den Mann zu bringen. Ich dachte im Traum nicht an ein Magazin. Adrienne blieb artig in ihrem Zimmer und studierte.«

»Ging sie nicht mit euch aus?«

»Hin und wieder. Wir hatten keine große Lust dazu. Vielleicht hatte sie selbst auch keine Lust. Es gefiel ihr, in ihrer Ecke zu sitzen und vor sich hin zu starren.«

»Und dann hat es sich...?«

»Genau. Dann hat es sich ergeben. Ganz dumm. Zufällig. Ich könnte nicht einmal sagen, wer von uns den ersten Schritt getan hat. Ich war der Liebhaber ihrer Schwester. Mit anderen Worten, ihre Schwester hatte einen Mann für sich allein.«

»Liebtest du sie?«

»Nein.«

»Du bist zynisch«, zischte ihn Blanchet haßerfüllt an.

»Nein. Ich habe dir gesagt, wir reden von Mann zu Mann. Sie hatte Lust dazu. Vielleicht hatte ich auch Lust dazu, und wenn nur aus Neugier, um zu wissen, was sich hinter diesem verschlossenen Gesicht verbarg.«

»Weißt du es jetzt?«

»Nein... Doch... Ich glaube, sie langweilte sich...«

»So daß ihr sieben Jahre lang...«

»Nein. Wir haben uns weiterhin getroffen, nur so, ab und zu.«

»Was heißt für dich: ab und zu?«

»Ungefähr einmal die Woche.«

»Wo?«

»Unwichtig.«

»Für mich ist es aber wichtig, für mich schon.«

»Wenn du dir unbedingt ein Bild machen willst, dann bist du selbst schuld. In einem möblierten Appartement in der Rue de Longchamp.«

»Das ist erbärmlich.«

»Ich konnte schließlich nicht mit ihr in die Rue de La Vrillière fahren.«

Die Rue de La Vrillière, wo Blanchet arbeitete, in dem prunkvollen Gebäude der Banque de France.

»Ihr seid euch bei einer Freundin begegnet. Hast du ihr den Hof gemacht?«

»Hat sie dir alles erzählt?«

»Ich nehme es an.«

»Vielleicht hat sie dich noch um Rat gefragt, wo sie einmal dabei war?«

»Vielleicht.«

»Du bist ein Scheusal.«

»Ich weiß, aber davon gibt's einige Millionen auf der Erde. Sie hat dich geheiratet.«

»Habt ihr euch weiterhin getroffen?«

»Seltener.«

»Warum?«

»Weil sie Hausherrin geworden war. Und dann wurde sie schwanger.«

»Von wem?«

»Von dir, hab keine Angst. Ich habe alle Vorsichtsmaßnahmen getroffen.«

»Ein Glück!«

»Laß mich zu Ende kommen. Ich habe Chaton nie davon erzählt. Dabei berichte ich ihr sonst recht häufig von meinen Abenteuern.«

»Hattest du etwa zur gleichen Zeit noch andere?«

»Ich bin kein Beamter, und ich brauche auch keinen untadeligen Ruf zu wahren. Wenn mir eine gefällt...«

»...nimmst du sie und rennst nach Hause, um deiner Frau davon zu erzählen?«

»Warum nicht?«

»Und du behauptest, daß ihr euch liebt!«

»Ich habe nichts dergleichen behauptet. Ich habe gesagt, daß sie mir fehlte, wenn sie nicht da war.«

»Fehlte dir meine Frau auch?«
»Nein. Das war zur Gewohnheit geworden. Vielleicht hatten wir beide Angst, dem anderen weh zu tun, wenn wir Schluß machten. Es ist trotzdem dazu gekommen, vor knapp einem Jahr, zwei Tage vor Weihnachten, am 23. Dezember.«
»Danke für die präzisen Auskünfte.«
»Laß mich hinzufügen, daß an diesem Tag nichts zwischen uns gewesen ist, wir haben nur eine Flasche Champagner getrunken.«
»Und ihr habt euch nicht mehr getroffen?«
»Bei dir, bei mir, im Theater...«
»Allein nicht?«
»Nein.«
»Schwörst du es?«
»Wenn du unbedingt willst, obwohl mir nicht klar ist, was dieses Wort bedeutet.«
Blanchet war nach und nach erst rot, dann puterrot angelaufen, und er wirkte dicker, schlaffer. Im Grunde verbargen alle Blanchets ihre Schlaffheit unter gut geschnittenen Kleidern.
»Wie erklärst du dir...«
»Möchtest du wirklich nichts trinken?«
»Doch, einen Schluck.«
Er richtete sich auf und blieb in der Mitte des Appartements stehen wie ein riesiges Gespenst.
»Da, nimm!«
»All das wird ans Licht gezerrt, nicht wahr?«
»Ich befürchte es.«
»Wirst du es dem Untersuchungsrichter erzählen?«
»Ich bin verpflichtet, seine Fragen zu beantworten.«

»Ahnen die Journalisten etwas?«

»Sie haben nicht direkt darauf angespielt.«

»Ich denke an die Kinder.«

»Nein. Wenn du dir nur angewöhnen könntest, aufrichtig dir selbst gegenüber zu sein und der Wahrheit ins Gesicht zu sehen!«

»Knapp ein Jahr...«

»Ich schwöre es dir ein zweites Mal, wenn du Wert darauf legst.«

»Ich frage mich, wieso dann Chaton mit einemmal beschlossen hat, ihre...«

»Ihre Schwester zu töten. Nennen wir die Dinge beim Namen. Ich frage es mich auch. Und sie muß schon gewußt haben, daß sie es tun würde, als sie das Haus verließ. Sonst hätte sie meine Pistole nicht mitgenommen, die sie, soviel ich weiß, noch kein einziges Mal angerührt hat.«

Nach einer Weile murmelte Blanchet:

»Es sei denn, es gab noch jemand anders.«

Und er warf Alain einen lauernden Blick zu, in dem eine gewisse Befriedigung lag.

»Hast du schon daran gedacht?« hakte er nach.

»Sofern ich überhaupt noch denken kann...«

»Angenommen, Adrienne hatte noch jemand anders...«

Alain schüttelte den Kopf. Im Gegensatz zu Blanchet waren seine Züge schärfer, härter als sonst.

»Du irrst dich. Du gehst die Sache von der falschen Seite an. Vergiß nicht, daß deine Frau mit mir geschlafen hat, weil ich in ihren Augen ihrer Schwester gehörte.«

»Mit anderen Worten?«

Man hätte meinen können, der stattliche Schwager beginne sich zu freuen. Sogar seine Gestalt straffte sich.

»Zwangsläufig war es Chaton, die angefangen hat. Adrienne hat es ihr nachgemacht. Diesmal jedoch hatte Chaton genug und hat sie ein für allemal aus dem Weg geräumt.«

»Sehr zu erschüttern scheint dich das nicht...«

Alain schaute ihn an, ohne sich zu rühren, und Blanchet spürte, daß er zu weit gegangen war. Einen Moment lang hatte er Angst, eine physische Angst, daß man ihn schlug, ihm weh tat...

»Entschuldige bitte.«

Alain blieb noch einen Augenblick mit dem Glas in der Hand auf seinem Platz stehen.

»Nun denn!« sagte er schließlich.

Dann, während er auf die Bar zuging:

»Jeder von uns hat sein Teil abgekriegt.«

»Wirst du dem Untersuchungsrichter davon erzählen?«

»Nein.«

»Vorhin sagtest du noch...«

»Ich werde ihm sagen, was ich weiß. Alles übrige ist Vermutung, und Vermutungen wird er schon selbst anstellen.«

»Du hast keine Ahnung...«

»Wer das sein könnte? Nein.«

»Du hast doch deine Frau öfter gesehen als ich Adrienne.«

Alain zuckte mit den Schultern. Als ob er darauf achtete, was Chaton tat oder ließ! Alles, was er von ihr verlangte, war, daß sie da war, neben seinem rechten Ellbogen, in Hör- und Reichweite.

»Meinst du, sie wird sprechen?«

»Sie hat sich geweigert, auf Fragen zu antworten.«

»Und morgen?«

»Was weiß ich. Mir persönlich ist es ganz egal, wer das sein könnte.«

Sie hatten sich alles gesagt. Sie verstummten, wanderten ziellos durch das geräumige Appartement. Obwohl er einiges getrunken hatte, fühlte sich Alain nicht benebelt.

»Fährst du nicht nach Hause?«

»Doch. Selbstverständlich. Aber ich bezweifle, daß ich einschlafen kann.«

»Dafür werde ich im tiefsten Schlaf versinken.«

Sein Schwager legte seinen Überzieher an, suchte nach seinem Hut, zögerte, Alain, der zu weit weg stand, die Hand zu reichen.

»Bis bald. Oder bis morgen. Vielleicht beschließt der Richter, uns gegenüberzustellen.«

Alain zuckte mit den Schultern.

»Sieh zu, daß... daß Adrienne nicht zu sehr ins Gerede kommt... Daß man nicht zu streng über sie urteilt...«

»Gute Nacht.«

»Danke.«

Er entfernte sich linkisch, kläglich, zog die Tür hinter sich zu und stieg, ohne auf den Gedanken zu kommen, den Aufzug zu rufen, die Treppe hinunter.

Endlich konnte sich Alain gehenlassen, und er stieß einen wilden Schrei aus.

3

Er verbrachte eine unruhige Nacht. Mehrmals wachte er halb auf, einmal nicht auf seiner Seite, der linken Seite des Bettes, sondern auf Chatons Seite. Sein Magen brannte wie Feuer, und schließlich stand er fast im Unterbewußtsein auf, um doppeltkohlensaures Natrium aus dem Badezimmer zu holen.

Als er eine Stimme am Kopfende des Bettes hörte, war es fast noch dunkel, und die Putzfrau mußte ihn an der Schulter rütteln, um ihn zu wecken. Sie hieß Madame Martin. Sie kam jeden Morgen um sieben Uhr und ging gegen Mittag.

Sie blickte ihn unwirsch, mit strengem Gesicht an.

»Ihr Kaffee ist serviert«, sagte sie schroff.

Er hatte Mitleid noch nie ausstehen können. Er haßte Sentimentalitäten. Er mühte sich, Realist zu sein, Zyniker, und doch hätte er an diesem Morgen ein wenig Sanftmut brauchen können.

Ohne seinen Morgenmantel überzuziehen, betrat er das Studio, in dem die Lampen gegen das triste Grau draußen ankämpften. Die Welt jenseits der breiten Fensterfront war bleiern, die Dächer naß, der Himmel zwar nicht mehr von dramatischen Wolken aufgewühlt wie am Vortag, dafür jedoch von einem dunklen, einheitlichen, bewegungslosen Grau.

Gewöhnlich sah man das ganze Panorama von

Notre-Dame bis zum Eiffelturm. Heute beschränkte sich die Aussicht auf einige Dächer, einige erleuchtete Fenster, dabei war es schon acht Uhr.

Er schlürfte gierig seinen Kaffee und sah sich in dem Zimmer um, in dem die Stühle und Sessel wieder an ihrem Platz standen und die Gläser und Flaschen verschwunden waren.

Madame Martin kam und ging, räumte auf, putzte, bewegte die Lippen, als führe sie Selbstgespräche. Sie war ungefähr fünfzig Jahre alt. Die Zeitungen, die sie gewöhnlich hochtrug, lagen auf einem niedrigen Tisch, aber es drängte ihn nicht, einen Blick hineinzuwerfen.

Er fühlte sich zwar nicht verkatert, aber doch seelisch und körperlich wie gerädert, und sein Kopf war leer.

»Ich teile Ihnen lieber gleich mit...«

Diesmal bewegten sich ihre Lippen nicht geräuschlos. Sie redete.

»...daß dies der letzte Vormittag ist, den ich hier arbeite...«

Sie gab keine Erklärung. Im übrigen verlangte er auch keine Erklärung, er schüttete sich eine zweite Tasse Kaffee ein, kaute an einem Croissant, das ihm am Gaumen klebte.

Schließlich setzte er sich ans Telefon, ließ sich mit Saint-Illiers-la-Ville verbinden.

»Hallo... Loulou?«

Ihre Köchin, Louise Biran, die Frau des Gärtners.

»Haben Sie die Zeitung gelesen?«

»Noch nicht, aber es sind Leute vorbeigekommen.«

Auch ihre Stimme klang anders.
»Glauben Sie nicht alles, was man Ihnen sagt und was die Zeitungen drucken. Noch sind keine Einzelheiten bekannt. Wie geht es Patrick?«
Er war fünf Jahre alt.
»Gut.«
»Versuchen Sie, ihn aus der Sache herauszuhalten.«
»Ich tue mein möglichstes.«
»Und sonst...?« meinte er hinzufügen zu müssen.
»Nichts.«
»Darf ich Sie darum bitten, mir noch Kaffee zu kochen, Madame Martin?«
»Sie sehen aus, als könnten Sie ihn gebrauchen.«
»Ich bin spät zu Bett gegangen.«
»Das habe ich mir gedacht, als ich den Zustand der Wohnung sah.«
Er stand auf, um sich die Zähne zu putzen, ließ sich ein Bad einlaufen, entschied sich schließlich dafür, kalt zu duschen. Er wußte nicht, was er tun und wo er bleiben sollte. Normalerweise gehorchten seine Bewegungen morgens einem präzisen Rhythmus. Er hatte darauf verzichtet, wie jeden Morgen das Radio einzuschalten, er befürchtete, daß über sie berichtet wurde.
Er erinnerte sich an den langen, tunnelartigen Flur, an dessen Ende er einem Beamten den für Chaton bestimmten Koffer ausgehändigt hatte. Sie mußte inzwischen ebenfalls aufgestanden sein. Wahrscheinlich wurde sie sehr früh geweckt, vielleicht schon um sechs Uhr morgens?
»Ihr Kaffee ist serviert.«
»Danke.«

Er trank ihn im Bademantel, trat schließlich an die Zeitungen heran, las einen ersten Titel:

Junge Journalistin ermordet ihre Schwester.

Darunter kleingedruckt:

*Wahrscheinlich handelt es sich um
ein Eifersuchtsdrama.*

Er erblickte eine unscharfe Fotografie von Chaton, wie sie den Hof der Kriminalpolizei überquerte und ihr Gesicht hinter den Händen verbarg.

Er hatte nicht den Mut, den Artikel zu lesen, auch nicht, die übrigen Morgenzeitungen zu studieren. Er war zu früh aufgestanden. An anderen Tagen fuhr er direkt zur Rue de Marignan, wo er gern als einer der ersten eintraf, um die Post durchzusehen.

Er hatte keine Lust, sein Büro aufzusuchen. Er hatte zu nichts Lust. Fast hätte er sich wieder hingelegt, um weiterzuschlafen. Trotz ihrer Feindseligkeit beruhigte es ihn, Madame Martin um ihn herum hantieren zu hören.

Was hatte er nur vergessen? Er wußte, daß er einen ausgefüllten Tag vor sich hatte, aber er blieb unschlüssig, seine Gedanken verworren.

Ach ja! Ein Anwalt! Der Anwalt, den er am besten kannte, war derjenige, der ihn hinsichtlich seines Magazins und seines Schallplattenunternehmens beriet. Er hieß Helbig, Victor Helbig, und man wäre einigermaßen in Verlegenheit gewesen, seine Abstammung zu erraten. Er hatte einen Akzent, der ebensogut tschechisch wie ungarisch oder polnisch sein konnte.

Ein kleiner, drolliger Kerl mittleren Alters, fett, mit einer glänzenden Haut, Brillengläsern, so dick wie Lupen, und feuerroten Haaren.

Er lebte allein in einer Wohnung an der Rue des Écoles, inmitten eines heillosen Durcheinanders, was ihn nicht daran hinderte, ein äußerst gefürchteter Zivilrechtler zu sein.

»Hallo, Victor? Habe ich dich geweckt?«

»Du vergißt, daß mein Tagewerk um sechs Uhr morgens beginnt. Ich weiß, was du mich fragen willst.«

»Hast du die Zeitungen gelesen?«

»Ich weiß genug, um dir Rabut empfehlen zu können.«

Philippe Rabut war der Rechtsanwalt, der in den aufsehenerregendsten Prozessen der letzten zwanzig Jahre die Verteidigung übernommen hatte.

»Findest du nicht, daß wir damit zugeben, daß der Fall schwierig ist?«

»Deine Frau hat ihre Schwester getötet, oder?«

»Allerdings.«

»Leugnet sie?«

»Sie hat gestanden.«

»Welche Erklärung liefert sie?«

»Keine.«

»Besser so.«

»Warum?«

»Weil ihr Rabut Verhaltensmaßregeln erteilen wird. Wie wird das für dich verlaufen?«

»Was meinst du damit?«

»Die Leser deines Magazins werden die Rolle, die du dabei gespielt hast, vielleicht nicht sonderlich schätzen.«

»Ich habe keine Rolle dabei gespielt.«

»Ist das wahr?«

»Ich glaube schon. Ich habe die Schwester seit knapp einem Jahr nicht mehr angerührt.«

»Ruf Rabut an. Kennst du ihn?«

»Ganz gut.«

»Viel Glück.«

Er mußte die Telefonnummer Philippe Rabuts, der am Boulevard Saint-Germain wohnte, heraussuchen. Er war ihm des öfteren auf Empfängen, Cocktailpartys, Soupers begegnet.

Eine Frauenstimme, scharf, beinahe schneidend.

»Hier Kanzlei Philippe Rabut.«

»Alain Poitaud«, sagte er.

»Einen Augenblick bitte. Ich will sehen...«

Er mußte eine Weile warten. Die Wohnung am Boulevard Saint-Germain war geräumig. Er war einmal dort gewesen, bei einem Empfang. Der Anwalt war vermutlich noch nicht in seinem Büro.

»Rabut. Ich habe ein wenig mit Ihrem Anruf gerechnet.«

»Ich habe sogleich an Sie gedacht. Beinahe hätte ich Sie gestern abend noch angerufen, aber ich wollte Sie nicht stören.«

»Ich bin sehr spät aus Bordeaux zurückgekehrt, wo ich einen Klienten vor Gericht vertreten habe. Sagen Sie, der Fall scheint mir recht klar zu sein. Ich frage mich nur, wie ein Mann wie Sie in eine solche Situation schlittern konnte. Es dürfte nicht zu verhindern sein, daß das einigen Staub aufwirbelt. Sie wissen nicht, ob Ihre Frau ausgesagt hat?«

»Kommissar Roumagne zufolge hat sie lediglich gestanden, geschossen zu haben, und auf alle weiteren Fragen die Antwort verweigert.«

»Immerhin etwas. Und ihr Mann?«

»Kennen Sie ihn?«

»Ich bin ihm schon begegnet.«

»Er behauptet, er wisse nichts. Er hat einen Teil der Nacht bei mir verbracht.«

»Ist er sauer auf Sie?«

»Er weiß nicht mehr, woran er ist. Ich auch nicht.«

»Mein Lieber, es wird nicht leicht sein, Ihnen eine sympathische Rolle zuzuteilen.«

»Das ist nicht meinetwegen passiert.«

»Waren Sie nicht der Liebhaber der Schwester?«

»Nicht mehr.«

»Seit wann?«

»Seit ungefähr einem Jahr.«

»Haben Sie die Sache dem Kommissar erzählt?«

»Ja.«

»Hat er es Ihnen abgekauft?«

»Das ist die Wahrheit.«

»Wahrheit hin, Wahrheit her, die Leute werden es nicht schlucken.«

»Es geht nicht um mich, sondern um meine Frau. Man wird sie heute erneut verhören.«

»Allerdings...«

»Ich möchte, daß Sie sie besuchen.«

»Ich stecke bis über beide Ohren in Arbeit, aber

diesen Fall kann ich nicht ablehnen. Wer ist zum Untersuchungsrichter bestimmt worden?«

»Ich weiß es nicht.«

»Sind Sie zu Hause? Gehen Sie nicht fort, bis ich Sie zurückrufe. Ich will sehen, ob ich herausbekomme, was im Justizpalast vor sich geht.«

Er rief in seinem Büro an.

»Sind Sie es, Maud?«

Eine der Telefonistinnen, mit der er hin und wieder schlief.

»Wie geht es Ihnen, Chef?«

»Das können Sie sich sicher denken, Schnuckelchen. Ist Boris schon da?«

»Er sieht gerade die Post durch. Ich verbinde Sie.«

»Hallo, Boris?«

»Ja, Alain. Ich habe mir gedacht, daß du heute morgen nicht kommst, und mich um die Post gekümmert...«

Er hieß Maleski, und Alain hatte ihn zu seinem Chefredakteur gemacht. Er lebte in einem Vorort, Richtung Villeneuve-Saint-Georges, mit Frau und vier oder fünf Kindern. Er war einer der wenigen bei *Toi*, der nicht zu der Clique gehörte und nach der Arbeit heimfuhr.

»Ist das Blatt raus?«

»Die Auslieferung ist angelaufen.«

»Keine Anrufe heute morgen?«

»Es nimmt kein Ende. Sämtliche Leitungen sind besetzt. Du hast Glück, daß du mich erreichst.«

»Wer ruft an?«

»In der Mehrzahl Frauen. Sie wollen wissen, ob es stimmt.«

»Ob was stimmt?«

»Daß du der Liebhaber der Schwester warst, wie die Zeitungen durchblicken lassen.«

»Ich habe den Reportern nichts dergleichen gesagt.«

»Das hindert sie nicht daran, Schlüsse zu ziehen.«

»Was erhalten sie zur Antwort?«

»Daß die Untersuchung gerade erst begonnen hat und man noch nichts weiß.«

Alain zeigte mit der folgenden Frage seine ganze Verwirrung:

»Was machen wir mit der nächsten Nummer?«

»Nichts. Das heißt, wenn du mich schon nach meiner Meinung fragst, will ich sie dir sagen. Keinerlei Anspielung auf die Affäre. Inhalt wie vorgesehen.«

»Wahrscheinlich hast du recht.«

»Sehr aufgewühlt?«

»Es schwankt. Möglicherweise komme ich im Laufe des Tages in der Rue de Marignan vorbei. Ich glaube, ich habe nicht die Kraft, allein hierzubleiben.«

Er mußte immer noch überlegen, was er sich vorgenommen hatte. Am Tag zuvor hatte es ihm geschienen, als sei sein Tag so angefüllt, daß ihm zum Denken keine Zeit bliebe, und jetzt fühlte er sich in seinem verglasten Atelier so isoliert wie in einem Leuchtturm.

Seine Eltern. Er hatte beschlossen, sie zu besuchen. Sie wohnten seit fast fünfzig Jahren ganz in der Nähe, an der Place Clichy, aber er fuhr nur selten zu ihnen.

Er mußte hinaus, im letzten Moment fiel ihm ein, daß er Rabuts Rückruf abwarten mußte. Also rief er an der Place Clichy an. Es störte ihn herzlich wenig, daß Madame Martin seine Gespräche mitbekam. Künftig würde es keine Geheimnisse, keine Privatsphäre mehr geben, denn gewisse Zeitungen würden nicht säumen, sein Leben zu zerpflücken.

»Hallo, Mama? Ich bin's, ja. Ich würde gern bei dir vorbeikommen, aber ich weiß noch nicht, wann ich Zeit habe. Ich bin zu Hause. Nein. Die Putzfrau ist noch hier. Sie hat soeben gekündigt. Weshalb? Hast du die Zeitung nicht gelesen? Und Papa? Hat er nichts gesagt? Kein Wort? Ist er in der Praxis?«

Sein Vater war Zahnarzt, er begann um acht Uhr morgens mit seinem Tagewerk und hatte Sprechstunde bis acht Uhr abends, wenn nicht länger.

Er war kräftig, graues Haar, Bürstenschnitt, graue Augen, und er strahlte eine solche Heiterkeit aus, vermittelte einen solchen Eindruck von Geduld und Verständnis, daß sich seine Patienten ihrer Angst schämten.

»Was sagst du ...? Nein, in den Zeitungen steht viel Wahres und viel Erdichtetes. In den kommenden Tagen werden die Verdrehungen bestimmt überwiegen. Ich komme vorbei, sobald ich kann. Grüß Papa von mir.«

Ein Geschirrtuch in der Hand, starrte ihn Madame Martin an, überrascht, als dürfte ein Ungeheuer wie er weder Vater noch Mutter haben.

Was sollte er in der Zwischenzeit tun? Er rauchte eine Zigarette nach der anderen. Er dachte an den Justizpalast, an den Quai des Orfèvres, an die Arrestzellen, an die ganze Maschinerie, die sich in Gang setzen würde, die ihn jedoch vorerst noch unbehelligt ließ.

Was taten die Frauen dort unten während der unausgefüllten Stunden, zwischen den einzelnen Verhören?

Es war zehn Uhr. Das Telefon klingelte, er stürzte sich darauf.

»Hallo! Ich bin's...«

»Ich verbinde mit Rechtsanwalt Rabut!«

»Hallo! Hallo! Rabut?«

»Schön. Der Untersuchungsrichter ist benannt worden. Es handelt sich um Bénitet, ein noch recht junger Mann um die fünfunddreißig, sechsunddreißig, der sich nicht aufplustert und gewissenhaft vorgeht. Er wird Ihre Frau um elf Uhr in meinem Beisein vernehmen.«

»Hat sie mit der Polizei nichts mehr zu tun?«

»In Anbetracht der Tatsache, daß sie geständig ist und keine Unklarheit herrscht...«

»Und ich?«

»Keine Ahnung, wann Sie an der Reihe sind. Ich werde es am späten Vormittag erfahren, ich gebe Ihnen dann Bescheid. Es ist Zeit, daß ich mich auf den Weg mache. Wo kann ich Sie erreichen?«

»In meinem Büro. Wenn ich nicht da bin, hinterlassen Sie eine Nachricht bei der Telefonistin.«

Hatte er alles getan, was zu tun war? Noch nicht.

»Wieviel schulde ich Ihnen, Madame Martin?«

Sie zog einen Zettel aus ihrer Schürze, auf den mit Bleistift Zahlen gekritzelt waren. Die Summe betrug hundertdreiundfünfzig Francs. Er reichte ihr zwei Hundertfrancscheine, und sie machte keine Anstalten, ihm den Rest herauszugeben.

»Lassen Sie den Schlüssel bei der Concierge.«

»Für den Fall, daß Sie niemanden finden...«

Er ging zu Fuß nach unten. Das Treppenhaus war

geräumig, und es war schade, daß es durch diese Fenster, die ihm ein altmodisches und bombastisches Aussehen verliehen, derart verunstaltet wurde. Es gab nur eine Wohnung pro Etage. Der dritte Stock war seltsamerweise unbewohnt. Im zweiten Stock lebte eine steinreiche südamerikanische Familie mit drei oder vier Kindern, Rolls-Royce und Chauffeur. Der Ehemann hatte nach einem Studium in Frankreich mehrere Jahre an der Spitze seines Staates gestanden und war durch einen Militärputsch gestürzt worden.

Im ersten Stock die Büroräume einer Erdölgesellschaft. Im Erdgeschoß ein Konsulat.

Die Hausmeisterloge war eher ein Salon, die Concierge, Madame Jeanne, eine sehr würdevolle Dame, deren Ehemann in einem Ministerium arbeitete.

Sie wich dem Blick ihres Mieters aus, versuchte ihre Verlegenheit zu verbergen.

»Die Ärmste!« murmelte sie schließlich.

»Ja.«

»Weiß Gott, wann sie wiederkommt.«

»Ich hoffe, das wird bald sein.«

Er gewöhnte sich trotz seines Entsetzens an solche nichtssagenden Formeln.

»Sagen Sie, Madame Jeanne, Sie kennen nicht zufällig eine Putzfrau?«

»Verläßt Sie Madame Martin?«

»Das hat sie mir gerade eröffnet.«

»Ich kann sie ein wenig verstehen, ohne daß ich ihr deshalb ganz beipflichten möchte. Die Menschen bedenken nicht immer die Folgen ihrer Handlungen, nicht wahr? Vor allem die Männer.«

Er widersprach ihr nicht. Sie würde nicht die einzige bleiben, die ihn anklagte, ihn als den wahren Schuldigen betrachtete. Was nutzte es, ihr zu widersprechen?

»Ich kenne in der Tat eine junge Frau, die keine Arbeit hat und eine Beschäftigung sucht. Ich werde versuchen, sie im Laufe des Tages zu erreichen. Sie brauchen, glaube ich, nur vormittags jemanden?«

»Das spielt keine Rolle.«

»Wieviel darf sie verlangen?«

»Ich richte mich ganz nach ihr.«

Immer noch fiel ein feiner Nieselregen, und die meisten Passanten hatten einen Schirm aufgespannt. Die Gitterstäbe des Parc Monceau am Ende der Straße waren noch schwärzer als sonst und die goldenen Spitzen matt.

Während er mechanisch auf sein kleines rotes Auto zuging, fiel ihm Chatons Wagen ein. Wo hatte sie ihn gelassen? Stand er noch vor der Haustür der Blanchets in der Rue de l'Université?

Ohne einen bestimmten Grund störte es ihn, daß der Wagen so verlassen auf der Straße stand. Er wechselte auf das linke Seineufer, bog in die Rue de l'Université ein. Fünfzig Meter hinter dem herrschaftlichen Haus, dessen erstes Obergeschoß Blanchet bewohnte, entdeckte er den vor Nässe glänzenden Wagen. Hinter dem eisernen Gittertor des Hauses hielten sich zwei, drei Grüppchen auf, Neugierige, vielleicht auch Journalisten.

Er fuhr zur Rue de Marignan, stürzte in das Gebäude, das sich seine Büroräume, die ursprünglich nur über das oberste Stockwerk verteilt gewesen waren, beinahe gänzlich einverleibt hatten.

Das Erdgeschoß bestand aus Empfangszimmern und Schaltern. Er nahm den Aufzug, stieg im vierten Stock aus, ging die Gänge entlang, in denen man durch die offenen Türen das Klappern der Schreibmaschinen hörte.

Das Gebäude war einst als Wohnhaus entworfen worden, und er hatte neue Trennwände errichten, andere einreißen lassen müssen. Man lief Treppen hinauf und wieder hinunter und irrte durch ein Labyrinth von Gängen.

Ab und an winkte er jemandem zu, schließlich stieß er die Tür zu seinem Büro auf, in dem Maleski auf seinem Platz saß.

Auch für ihn eine kurze, grüßende Handbewegung. Er nahm den Telefonhörer ab.

»Verbinden Sie mich mit meiner Werkstatt, Schnukkelchen. In der Rue de Cardinet, ja. Sie haben keine Leitung? Rufen Sie mich so bald wie möglich zurück.«

Es gab, wie immer, einen Berg von Briefen, und er überflog einige, ohne recht zu begreifen, was darin stand.

»Hallo, ja. Hallo, Autoreparaturwerkstatt Cardinet? Benoît? Hier Poitaud. Ja. Danke, Alter. Der Wagen meiner Frau steht in der Rue de l'Université. Nein. Ein Stück hinter dem Ministerium. Ich weiß nicht, ob sie den Schlüssel hat steckenlassen. Sagen Sie Ihrem Mechaniker, er soll mitnehmen, was nötig ist. Er soll den Wagen in die Werkstatt fahren. Behalten Sie ihn dort. Ja. Waschen Sie ihn, wenn Sie wollen.«

Maleski schaute ihn merkwürdig an. Alle Welt würde ihn künftig merkwürdig anschauen, ganz gleich, was er tat, und er fragte sich, wie sich wohl ein Mann in seiner Lage zu verhalten hatte.

Auf der ersten Seite einer Zeitung, die auf seinem Schreibtisch lag, erblickte er ein Foto von sich, das Glas in der Hand, die Haare zerzaust.

Das Glas war zuviel. So etwas tat man bestimmt nicht.

Er zwang sich dazu, durch die Büros zu schlendern, ein paar Hände zu schütteln, sein übliches »Tag, Schnukkelchen« hervorzubringen.

Offenbar fühlte er sich weniger befangen als die anderen, die nicht wußten, was sie sagen sollten, und ihm nicht ins Gesicht sahen. Er ging ganz nach oben, in die Dachkammern, wo einige Zwischenwände niedergerissen worden waren, um einen großen Raum für die Layouts einzurichten. Julien Bour, einer der Fotografen, beugte sich zusammen mit Agnard, dem Layouter, über ein Zeichenbrett.

»Tag, Kinder.«

Er fächerte einen Stapel Fotos auseinander, größtenteils Aktaufnahmen in dem eigenen Stil, der *Toi* auszeichnete. Aktfotos oder sittsame Halbakte.

»Jeder muß sich darin wiedererkennen«, hatte er einst seinen ersten Mitarbeitern erklärt.

Auch in den Texten: Alltagsgeschichten, Allerweltsdramen. Das erste Plakat vor einigen Jahren an den Mauern von Paris: Ein Finger, der auf die Passanten, die Passantinnen zeigte: *Toi*.

Ein riesiges *Toi*, dem man sich nicht entziehen konnte.

»Hört gut zu, Kinder. Wir schreiben nicht für alle, sondern für jeden einzelnen, und jeder einzelne muß sich angesprochen fühlen.«

Toi... Bei dir... Mit dir... In dir...

Er ging die Treppe wieder hinunter, und im gleichen Moment, als er sein Büro betrat, reichte man ihm den Telefonhörer.

»Rabut«, flüsterte ihm Maleski zu.

»Hallo! Gibt es Neuigkeiten? Hat sie geredet?«

»Nein. Ich kann mich von hier aus nicht mit Ihnen unterhalten. Kommen Sie um halb eins in die Kantine des Justizpalasts, wir können dort zusammen essen. Ich bin vom Untersuchungsrichter beauftragt, Sie zu einer Gegenüberstellung um zwei Uhr vorzuladen.«

»Mit ihr?«

»Natürlich.«

Der Anwalt hängte ein. Er war ziemlich schroff gewesen, als hätte er schlechte Laune.

»Ich weiß noch nicht, ob ich heute nachmittag komme. Mit der nächsten Nummer befasse ich mich auf keinen Fall. Kümmere du dich darum!«

Er ging langsam nach unten. Jahrelang hatte man gefragt:

»Warum läufst du so?«

Er hatte es nämlich stets eilig, und die meiste Zeit über hetzte er von einem Ort zum anderen.

Heute ertappte er sich dabei, daß er keineswegs schneller ging als alle anderen und sogar wie in Zeitlupe einherschlich. Auch seine Bewegungen waren bedächtig, selbst wenn er sich nur eine Zigarette anzündete. Er blickte auf das Lokal gegenüber, zögerte, überquerte in dem Nieselregen die Straße.

»Einen doppelten Scotch?«

Er nickte, schaute nach draußen, um nicht mit dem Kellner reden zu müssen. Er hatte gerade noch Zeit, zum Justizpalast zu fahren und einen Parkplatz zu suchen, ohne hetzen zu müssen. Paris wirkte beklemmend, trostlos. Die Autos krochen beinahe Stoßstange an Stoßstange. Er rauchte zwei Zigaretten, ehe er ankam, und fand schließlich einen Parkplatz ziemlich weit entfernt vom Justizpalast.

Er kannte die dunkle und altmodische Kantine, denn anfangs hatte er sich einige Klagen eingehandelt. Rabut war schon damals ein Staranwalt, und wenn er durch die Gänge oder in den Saal eilte, mit fliegenden Schritten und wehender Robe, deren Ärmel wie Flügel flatterten, machten ihm die jungen und weniger jungen Anwälte respektvoll Platz.

Er schaute sich um, suchte ihn an einem der Tische, an denen Angeklagte auf freiem Fuß, die am Nachmittag ihr Urteil erwarteten, leise mit ihren Verteidigern diskutierten.

»Haben Sie einen Tisch reserviert?«

»Ich warte auf Monsieur Rabut.«

»Hier lang.«

Am Fenster, wie immer. Er sah ihn kommen: Stämmig, dicker Hals, stürmte er in den fast menschenleeren Hof wie in einen Gerichtssaal. Er hatte keine Tasche, keinerlei Akten unter dem Arm.

»Haben Sie schon bestellt?«

»Nein.«

»Für mich bitte eine kalte Platte und eine halbe Flasche Bordeaux.«

»Für mich dasselbe.«

Das Gesicht des Anwalts war nicht gerade heiter.

»Wie ist sie?«

»Kalt und verstockt. Sie braucht sich nur genauso vor den Geschworenen zu geben, um sich todsicher die Höchststrafe einzuhandeln.«

»Schweigt sie immer noch?«

»Als Bénitet sie gefragt hat, ob sie gestehe, ihre Schwester getötet zu haben, hat sie bloß mit einem kurzen Ja geantwortet. Danach hat er sie gefragt, ob sie an dem Vormittag, als sie den Browning aus Ihrer Schublade nahm, schon zu der Tat entschlossen gewesen sei. Sie hat gesagt, sie sei sich noch nicht sicher gewesen, den festen Entschluß habe sie später gefaßt.«

Man reichte ihnen kaltes Roastbeef, Wein, und sie verstummten für kurze Zeit.

»Bénitet ist ein geduldiger, wohlerzogener Junge. Er hat sie sehr nachsichtig behandelt. Ich frage mich, ob ich sie an seiner Stelle nicht geohrfeigt hätte.«

Alain wartete stumm auf die Fortsetzung, aber für einen Augenblick blitzte Zorn in seinen dunklen Augen auf. Er kannte Rabut, seine Grobheit, die viel zu seinen Erfolgen im Gerichtssaal beitrug.

»Keine Ahnung, wie sie es angestellt hat, aber sie sah aus, als käme sie gerade vom Friseur. Nicht ein Haar, das abstand. Sie wirkte frisch, ausgeruht, und an ihrem Kostüm war keine einzige Falte.«

Ein grünes Kostüm, das sie sich vor drei Wochen

hatte anfertigen lassen. Sie war gestern nach ihm aus dem Haus gegangen, so daß er bis eben nicht gewußt hatte, wie sie gekleidet war.

»Sie saß da, als wäre sie zu Besuch. Sie kennen doch diese alten Räumlichkeiten in den oberen Stockwerken, die noch nicht modernisiert worden sind? Dort hat Bénitet sein Büro. Alles ist verstaubt. Die Akten stapeln sich vom Boden bis auf halbe Höhe der Wand.

Und mittendrin sie, wie eine Dame, die zu Besuch ist und Angst hat, sich schmutzig zu machen.

Er hat sie beharrlich nach dem Motiv ihrer Tat gefragt. Ihre Antwortet lautete nur:

›Ich habe meine Schwester schon immer gehaßt.‹

Natürlich hat er sie darauf hingewiesen, daß das kein Grund sei, jemanden zu töten, und sie hat nur erwidert:

›Kommt drauf an.‹

Ich werde ein psychiatrisches Gutachten verlangen. Leider besteht nicht die geringste Aussicht, daß sie verrückt ist.«

Alain schaltete sich zögernd ein:

»Chaton war immer schon ein wenig seltsam. Manchmal habe ich zu ihr gesagt, sie sei unberechenbar. Wie eine junge Katze, die am Feuer schnurrt und plötzlich, ohne ersichtlichen Grund, ans andere Ende des Zimmers springt. Deshalb habe ich sie auch Chaton genannt.«

Rabut sah ihn an, ohne mit der Wimper zu zucken, er kaute an einem Stück kalten Rindfleischs.

»Das zieht nicht«, begnügte er sich zu sagen, als hätte sein Gesprächspartner nur albernes Zeug von sich gegeben. »Der Richter wollte wissen, ob sie aus Eifersucht gehandelt hat, und sie hat nicht gemuckst, nicht einmal den Mund aufgemacht. Von diesem Moment an war ihr nichts weiter zu entlocken als dieses Schweigen, das am Ende beinahe verächtlich wurde.«

Er nahm einen weiteren Bissen. Alain aß auch, ohne sich umzublicken. Noch nie war die Welt so klein gewesen, der Nachbartisch gehörte bereits einer anderen Welt an.

»Am schwersten zu verdauen ist das, was danach kam. Ihre Frau war bereits auf dem Weg in ihre Zelle...«

»Hat man ihr Handschellen angelegt?«

»Ja, in den Gängen. Das ist Vorschrift. Ich blieb einen Moment allein mit Bénitet. Er hatte gerade den gerichtsmedizinischen Bericht erhalten. Adrienne Blanchet war nicht auf der Stelle tot, sondern hat noch ungefähr vier bis fünf Minuten gelebt...«

Alain verstand nicht sogleich. Das Glas in der Hand, blickte er den Anwalt ungeduldig an.

»Sie wissen sicherlich, daß sich das Kindermädchen, das von ihnen Nana genannt wird, mit richtigem Namen jedoch Marie Poterat heißt, mit den Kindern im Nebenzimmer aufhielt. Sie hat zunächst ein lautes Schreien gehört, und sie hatte die glückliche Idee, den Jungen und das Mädchen in die Küche zu bringen...

In dem Moment, wo sie in den Flur einbog, hörte sie die Schüsse. Der Junge wollte sehen, was passiert war. Sie hat die beiden beinahe mit Gewalt fortgerissen und der Köchin anvertraut.«

Alain, der die Räumlichkeiten und die Personen kannte, rekonstruierte unwillkürlich die Szene.

»Ihnen ist sicher bekannt, daß sich die Küche am anderen Ende der Wohnung befindet. Mit leiser Stimme hat das Kindermädchen die Köchin gebeten, die Kinder nicht hinauszulassen.

Ich bin überzeugt, wie ich Bénitet kenne, wird er einen Inspektor losschicken, um dieses Hinundherlaufen zeitlich genau festzulegen. Als sie an der Schlafzimmertür ankam, ist Marie Poterat nicht sofort eingetreten, sondern hat zunächst gelauscht. Als sie nichts hörte, zögerte sie, dann entschloß sie sich zu klopfen.

Keine Antwort. Nehmen wir hierfür alles in allem drei Minuten an. Als sie dann eintrat, stand Ihre Frau am Fenster, das Gesicht gegen die Scheibe gepreßt, ihre Schwester lag auf dem Boden, halb auf dem Teppich, halb auf dem Parkett, einen Meter vom Frisiertisch entfernt. Durch ihre halboffenen Lippen kam ein leises Stöhnen.«

Und Rabut schloß, während er mit der Gabel ein Stück Schinken aufspießte:

»Und so was soll man noch verteidigen! Sie schießt auf ihre Schwester! Na schön. Wenn es wenigstens nicht ihre Schwester gewesen wäre. Egal wer, nur nicht die Schwester. Die Leute glauben noch an die Stimme des Blutes, an Kain und Abel.

Eifersucht, nun gut. Das ist verständlich. Aber seine Schwester zu erschießen und sie vier, fünf Minuten lang in den letzten Zügen liegenzulassen, ohne ihr Hilfe zu leisten oder um Hilfe zu rufen...

Nun ja, wir können Marie Poterat nicht daran hindern, vor Gericht zu erscheinen, wo sie die wichtigste Zeugin sein wird.

Man wird sie die Sterbende beschreiben lassen, dann die Mörderin, die am Fenster steht.«

Alain hatte den Kopf gesenkt, er wußte nichts zu sagen. Rabut hatte recht, gewiß, und dennoch stimmte das alles nicht.

Er kannte die Wahrheit nicht besser als jeder andere, aber vielleicht fing er an, sie zu ahnen.

»Seit wann waren Sie der Liebhaber der Schwester?«

»Ich war es nicht mehr.«

»Wie lange waren Sie es?«

»Ungefähr sieben Jahre. Aber nicht, wie Sie meinen. Zwischen uns bestand eine Art zärtliche Freundschaft.«

»Hören Sie auf! Haben Sie mit ihr geschlafen, ja oder nein?«

»Ja, ich habe mit ihr geschlafen.«

»Wo?«

»In einem möblierten Appartement in der Rue de Longchamp.«

»Schlecht.«

»Warum?«

»Zunächst einmal hegen die Leute Mißtrauen gegen Orte, die ihnen verdächtig sind und die in ihren Augen mit dem Begriff des Lasters verquickt sind.«

Fast hätte Alain protestiert:

»Das war doch alles so unschuldig!«

Er war sich nicht sicher, ob ihn Rabut verstanden hätte.

»Wann waren Sie zum letztenmal dort?«

»Am 23. Dezember des letzten Jahres. Vor knapp einem Jahr also.«

»Wußte Ihre Frau davon?«

»Nein.«

»War sie sehr eifersüchtig?«

»Sie sagte nichts, wenn ich mal hier, mal dort mit einem Mädchen schlief.«

»Erzählten Sie ihr davon?«

»Wenn es sich ergab.«

»Hat sie von Ihren Beziehungen zu ihrer Schwester nie etwas geahnt?«

»Meines Wissens nicht.«

Sie sahen sich still an. Die Dinge drohten sich ähnlich zu entwickeln wie am Abend zuvor mit seinem Schwager.

»Haben Sie in Betracht gezogen, daß jemand anders im Spiel sein könnte?«

»Zu diesem Schluß mußte ich wohl oder übel gelangen.«

»Dann frage ich jetzt Sie, ob Sie irgendeinen Verdacht hegen.«

»Nein.«

»Verbrachten Ihre Frau und Sie viel Zeit miteinander?«

»Morgens ging ich als erster aus dem Haus. Es kam vor, daß sie einen Artikel zu schreiben hatte, und das erledigte sie zu Hause. Außerdem rief sie in Les Nonnettes an, unserem Haus auf dem Land, um mit unserem Sohn zu sprechen.«

»Wie alt?«

»Fünf Jahre.«

»Das ist gut. Oder auch nicht. Kommt drauf an. Und weiter?«

»Fast immer rief sie mich gegen elf Uhr im Büro an, um mich zu fragen, wo ich zu Mittag aß, und meistens trafen wir uns dann im Restaurant.«

»Weiter.«

Er hatte seinen Teller zur Seite geschoben, eine Pfeife angesteckt.

»Sehr oft hatte sie Termine. Ihre Spezialität waren Interviews mit durchreisenden Persönlichkeiten. Keine Kurzberichte, häufig sogar regelrechte Studien, die als Fortsetzung erschienen. Danach rief sie erneut an, oder wir trafen uns im ›Clocheton‹, unserem Stammlokal in der Rue de Marignan. Zwischen sieben und acht waren wir dort stets zu einem Dutzend Freunde versammelt.«

»Aßen Sie nie mit Ihrer Frau allein zu Abend?«

»Selten.«

»Kamen Sie spät nach Hause?«

»Praktisch nie vor ein Uhr nachts, meistens gegen zwei, drei Uhr.«

Rabut stellte wie in einem Gutachten fest:

»Kein Familienleben. Die Geschworenen, selbst wenn sie sich alle erdenklichen Eskapaden leisten, haben eins. Man braucht bloß die allabendliche Suppe zu erwähnen, um sie zu Tränen zu rühren.«

»Wir haben nie Suppe gegessen«, entgegnete Alain kühl.

»Morgen wird Ihre Frau in die Petite Roquette verlegt. Ich werde sie dort besuchen. Sie können auch um eine Besuchserlaubnis bitten, aber ich bezweifle, daß sie Ihnen an diesem Punkt der Untersuchung erteilt wird.«

»Was schreiben die Zeitungen?«

»Haben Sie sie nicht gelesen? Vorläufig halten sie sich zurück. Sie sind eine bekannte Pariser Persönlichkeit, und sie scheuen davor zurück, zu weit zu gehen. Um so mehr, als Ihre Frau auch Journalistin ist.«

Sie blieben noch gut zehn Minuten in der Kantine, dann gingen sie über den Hof und stiegen die Freitreppe hinauf. In dem Flur der Staatsanwaltschaft warteten Häftlinge mit Handschellen, von zwei Wächtern flankiert, vor mit Zahlen versehenen Türen.

Gegenüber einer dieser Türen, am Ende des Ganges, war eine Gruppe von Fotografen und Journalisten zu sehen.

Rabut zuckte mit den Schultern.

»Das war zu erwarten.«

»Gestern hatte ich sie bei mir.«

»Ich weiß. Ich habe die Fotos gesehen.«

Ein paar Blitzlichter, ein leichtes Gedränge, der Anwalt klopfte zwei-, dreimal an die Tür und trat ungefragt ein, Alain vor sich herschiebend.

»Entschuldigen Sie, mein Lieber. Ich wollte vermeiden, daß das Zusammentreffen vor der Tür in Gegenwart der Journalisten und Fotografen stattfindet. Ich befürchte, wir sind ein wenig zu früh.«

»Drei Minuten.«

Der Richter war aufgestanden und deutete auf ihre Stühle. Der Gerichtsschreiber am anderen Ende des Tisches hatte sich nicht gerührt.

Der Richter war blond, von sportlichem Äußeren und ruhigem Wesen. Er trug einen sehr gut geschnittenen grauen Anzug, und ein Siegelring zierte eine schlanke und gepflegte Hand.

»Haben Sie Monsieur Poitaud informiert?«

»Wir haben gemeinsam in der Kantine gegessen.«

»Verzeihen Sie, Monsieur Poitaud, daß ich Ihnen eine Gegenüberstellung zumute, die Ihnen vielleicht peinlich ist, aber ich sehe mich leider dazu gezwungen.«

Alain stellte überrascht fest, daß sich seine Kehle zuschnürte, seine Stimme heiser klang.

»Ich bin glücklich, meine Frau wiederzusehen.«

Es war schon so lange her! Es kam ihm vor, als hätten sie sich vor einer Ewigkeit getrennt, und er hatte Mühe, sich ihre Gesichtszüge genau ins Gedächtnis zu rufen.

Und doch war es erst einen Tag her. Als Madame Martin gekommen war, um ihn an der Schulter zu rütteln, war er aufgestanden, später, in dem Studio, hatte er seinen Kaffee getrunken, zwei Croissants gegessen und dabei die Zeitungen überflogen. Die Schlagzeilen waren dem Sturm gewidmet, der über dem Kanal wütete, zwei gesunkenen Trawlern, dem Deichbruch in der Bretagne, den Wassermassen, die die Keller in manchen Küstenstädten überfluteten.

Er hatte sich wie jeden Morgen angezogen, und als er sich über die unter ihrer Decke ganz warme Chaton beugte, hatte sie die Augen aufgeschlagen.

»Bis gleich. Rufst du mich an?«

»Heute morgen nicht, das habe ich dir doch gestern gesagt. Ich habe eine Verabredung im ›Crillon‹ zum Mittagessen.«

»Dann bis heute nachmittag?«

»Bis heute nachmittag.«

Er hatte ihr zugelächelt und ihr über die Haare gestrichen. Hatte sie zurückgelächelt? Er konnte sich nicht mehr erinnern.

»Zigarette?«

»Danke.«

Mechanisch griff er zu. Es war unangenehm, warten zu müssen, und sie konnten kaum irgendein banales Gespräch anknüpfen.

Zum Glück klopfte jemand an der Tür. Sie erhoben sich alle drei, einzig der Gerichtsschreiber rührte sich nicht von seinem Stuhl. Chaton trat ein, begleitet von zwei Wärtern, die den Fotografen die Tür vor der Nase zuschlugen und ihr die Handschellen abnahmen.

»Sie können draußen warten.«

Sie waren höchstens Meter voneinander entfernt. Sie trug ihr hellgrünes Kostüm, eine bestickte Bluse und auf dem Kopf ein eigenartiges Käppchen aus demselben Stoff wie das Kostüm.

»Setzen Sie sich bitte.«

Sie hatte zuerst den Untersuchungsrichter angesehen, dann den Anwalt. Schließlich fiel ihr Blick auf das Gesicht ihres Mannes.

Es schien Alain, als folgte in den Augen seiner Frau ein Ausdruck sehr schnell auf den anderen, zunächst Überraschung, vielleicht aufgrund seiner härteren Gesichtszüge, dann ein Hauch von Ironie, dessen war er sicher, sowie ein Anflug von Zuneigung oder Kameradschaft.

Bevor sie nach der Rückenlehne eines Stuhls griff, murmelte sie:

»Es tut mir leid, daß ich dir soviel Unannehmlichkeiten bereite.«

Er zuckte nicht mit der Wimper, wußte nichts zu sagen und nahm Platz, zwischen ihnen saß nur der Anwalt, der sich zurücklehnte.

Der Richter schien durch die Worte, die sie von sich gegeben hatte, aus dem Konzept gebracht und ließ sich Zeit nachzudenken, bevor er sprach.

»Darf ich daraus schließen, Madame, daß Ihr Mann nichts mit dem zu tun hat, was sich in der Rue de l'Université ereignet hat?«

Rabut rutschte in banger Erwartung der Antwort auf seinem Stuhl hin und her.

»Ich habe dem, was ich gesagt habe, nichts hinzuzufügen.«

»Lieben Sie Ihren Mann?«

»Vermutlich.«

Sie sah ihn nicht an und schien sich nach einer Zigarette umzuschauen. Die drei Männer um sie herum rauchten. Bénitet verstand und reichte ihr sein Päckchen.

»Waren Sie eifersüchtig?«

»Ich weiß es nicht.«

»Hat Ihr Mann Ihres Wissens intime Beziehungen mit Ihrer Schwester unterhalten?«

Zum erstenmal wandte sie sich ganz unbefangen Alain zu und murmelte:

»Das muß er besser wissen als ich.«

»Ich habe Ihnen die Frage gestellt.«

»Darauf kann ich Ihnen keine Antwort geben.«

»Wann ist Ihnen der Gedanke, Ihre Schwester zu töten, zum erstenmal gekommen?«

»Ich weiß es nicht.«

»Gestern morgen? Ich erinnere Sie daran, daß Sie, bevor Sie Ihre Wohnung verließen, der Schublade Ihres Mannes die Waffe entnahmen, die sich darin befand.«

»Ja.«

»Zu welchem Zweck?«

Sie wiederholte:

»Darauf kann ich Ihnen keine Antwort geben.«

»Sie beginnen wieder wie heute vormittag.«

»Ich habe nicht vor, eine andere Haltung einzunehmen.«

»Um jemanden zu schonen?«

Sie begnügte sich mit einem Achselzucken.

»Handelt es sich um Ihren Gatten?«

Erneut die gleichen Worte:

»Darauf kann ich Ihnen keine Antwort geben.«

»Bedauern Sie Ihre Tat?«

»Ich weiß es nicht.«

»Würden Sie sie noch einmal begehen?«

»Das kommt darauf an.«

»Worauf?«

»Das ist unwichtig.«

»Ich frage mich, Herr Rechtsanwalt, ob Sie Ihrer Mandantin nicht einige Ratschläge geben sollten.«

»Das hängt davon ab, was sie mir sagen wird, wenn ich sie allein sehe.«

»Sie werden sie morgen so lange sehen können, wie Sie es für nützlich erachten.«

Er drückte seinen Zigarettenstummel in einem Reklameaschenbecher aus.

»Monsieur Poitaud, ich gestatte Ihnen, Ihrer Frau die Fragen zu stellen, die Sie ihr gern stellen würden.«

»Hör zu, Chaton...«

Weiter kam er nicht. Auch er hatte ihr nichts zu sagen. Er hatte dieses Wort aussprechen wollen, ein wenig wie eine Beschwörung, in der Hoffnung, einen kleinen Funken zu entzünden. Sie schauten sich ein paar endlose Sekunden lang an, sie geduldig wartend, er auf der Suche nach den Worten, die nicht kamen.

Das ähnelte jenem Kinderspiel, bei dem sich die beiden Partner anschauen, um zu sehen, wer als erster lächelt oder lacht.

Sie lächelten beide nicht. Niemand lachte. Alain gab auf und wandte sich an den Richter.

»Nein. Keine Fragen.«

Alle waren verlegen, außer ihr. Der Richter drückte widerstrebend auf eine elektrische Schelle. Man hörte ein Klingeln auf der anderen Seite der Tür, die sich im nächsten Moment öffnete.

»Führen Sie Madame Poitaud in ihre Zelle zurück.«

Noch war sie Madame. Bald würde sie Beschuldigte sein, schließlich Angeklagte.

Alain fiel auf, daß es dunkel war, daß man das Licht hätte anschalten müssen. Er hörte das Klacken der Handschellen, das Klappern der hohen Absätze auf dem Fußboden, die Blitzlichter der Fotografen.

Als die Tür wieder geschlossen war, mußte Rabut den Mund aufmachen, denn der Richter fragte ihn:

»Wollten Sie etwas sagen, Herr Rechtsanwalt?«

»Nein. Ich sehe sie morgen.«

Als sie aus dem Zimmer traten, waren die Journalisten verschwunden und der Gang beinahe menschenleer.

4

Er stand vor dem Gittertor des Justizpalasts, allein in dem Nieselregen, unschlüssig, wohin er sich wenden sollte. Er wollte sich seine Verwirrung nicht eingestehen, versuchte sich einzureden, mit ein wenig Zeit, einem Stift und Papier werde es ihm gelingen, seine Gedanken zu ordnen.

Er hatte seit jeher Zyniker sein wollen, bereits als Kind, auf dem Gymnasium, wo er schon seine eigene kleine Bande hatte, und als er im Abitur durchgefallen war, hatte er vorgegeben, sich zu freuen.

»Nur Trottel sind scharf auf Diplome!«

Er ging über die Straße, betrat ein Café.

»Whisky... Einen doppelten...«

Eine Eigenart, die er sich damals angewöhnt hatte und die seine Kumpane übernommen hatten. Die meisten tranken etwas weniger als er, weil sie nicht so viel vertrugen oder weil ihnen am nächsten Morgen elend war.

Das war keine Whiskybar. Nur eine einzige Flasche stand in dem Wandbord. Die anderen Gäste ringsum tranken Kaffee oder ein Gläschen Weißwein.

»Deshalb muß man trotzdem einen Beruf ergreifen, Alain.«

Wie oft hatte ihm seine Mutter dies eingeschärft? Er trieb sich in den Straßen, in den Cafés herum. Mitunter war er ebenso verängstigt wie sie, hielt es jedoch für Ehrensache, sich nichts davon anmerken zu lassen.

»Ich werde nie ein Sklavenleben führen.«

Wie sein Vater, der zwölf bis vierzehn Stunden am Tag in faulen Zähnen stocherte.

Wie sein Großvater väterlicherseits, der Landarzt gewesen war, bis ihn mit einundsiebzig Jahren ein Herzanfall am Steuer seines alten Autos dahingerafft hatte.

Wie sein anderer Großvater, der Bonbonfabrikant, der sein Leben lang Bonbons und Karamellen in einem niedrigen, überheizten Raum hergestellt hatte, während seine Frau hinter einer Ladentheke hin und her lief.

»Weißt du, Mama, es gibt zwei Sorten von Menschen: solche, die sich versohlen lassen, und solche, die die anderen versohlen.« Er hatte herausfordernd hinzugefügt: »Ich, ich werde die anderen versohlen.«

Nach sechs Monaten auf der Straße hatte er sich zur Armee gemeldet und drei Jahre in Afrika gelebt.

Er mußte zur Place Clichy, um seine Mutter und seinen Vater zu besuchen. Sein Vater hatte ihn nie gezügelt. Er hatte ihn gewähren lassen, vermutlich in der Einsicht, daß jede Einmischung nur Auflehnung zur Folge gehabt hätte.

Weshalb hatte ihn Chaton um Verzeihung gebeten? Nur diesen einen Satz hatte sie an ihn gerichtet. Sie wirkte durchaus nicht erschüttert.

Fast hätte er ein zweites Glas bestellt. Es war noch zu früh. Er verließ das Café und machte sich auf den Weg zu seinem Wagen, der in einiger Entfernung geparkt war.

Er setzte sich hinter das Steuer, schaltete die Zündung ein. Wohin? Er kannte Gott und die Welt, redete Hunderte von Leuten mit Schnuckelchen an. Er war ein erfolgreicher Mann, der viel Geld verdiente. Er hatte stets gewußt, daß er nicht zu den Geprügelten gehören würde.

Toi hatte eine Auflage von einer Million Exemplaren. Die Schallplatten liefen gut. Ein Magazin für Jugendliche war in Vorbereitung.

Mit wem hätte er in diesem Moment reden können, offen reden können? Hatte er überhaupt Lust, offen mit jemandem zu reden? Drängte es ihn wirklich, zu verstehen?

Er fuhr in die Rue de Marignan, weil er das Bedürfnis hatte, von Leuten umgeben zu sein, die von ihm abhängig waren. Seine Freunde nannte er sie. Auch Chaton hatte er einen Namen gegeben, ein wenig wie im Wilden Westen, wo man das Vieh mit einem glühenden Eisen kennzeichnet. Und Adrienne ebenfalls.

Irgend etwas war zerbrochen, doch er wußte nicht genau, was es war, und allmählich bekam er Angst.

In der Halle standen Menschen Schlange vor einem Schalter. Frauen vor allem. Sie kamen wegen des Preisausschreibens. Preisausschreiben waren unumgänglich, um die Leserinnen bei Laune zu halten, und so wurde getan, was sie begehrten.

Er ging zu Fuß hinauf. Lediglich das erste Obergeschoß gehörte ihm nicht, ein Import-Export-Handel war darin ansässig. Er hatte die Pacht aufgekauft. In sechs Monaten würde er über das gesamte Gebäude verfügen, er plante, es umzugestalten.

Er war zweiunddreißig.

Wer hatte mit ihm über Les Nonnettes gesprochen? Wer hatte ihn gefragt, ob er zuweilen gemeinsam mit Chaton ein Familienleben führe?

Niemals! In dem alten Bauwerk, halb Bauernhaus, halb Landsitz, das sie eingerichtet hatten, herrschte jedes Wochenende ein buntes Treiben, und man wußte beim Aufstehen nie so recht, wer in diesem Bett oder auf jener Chaiselongue lag.

»Tag, Boris.«

Maleski beobachtete ihn, als wollte er herausfinden, wie lange er noch durchhielt.

»Dein Schwager hat angerufen. Du sollst zurückrufen.«

»Bei ihm zu Hause?«

»Nein. Im Büro.«

»Ein vornehmer Trottel.«

Das hatte er schon einmal gesagt. Er haßte vornehme Leute. Trottel reizten ihn.

»Verbinde mich mit der Banque de France, Schnukkelchen. Die Chefetage, ja, Rue de la Vrillière. Ein Monsieur Blanchet.«

Gagnon, der Redaktionssekretär, trat mit einigen Blättern in der Hand ein.

»Störe ich?«

»Überhaupt nicht. Willst du mich sprechen?«

»Ich wollte Boris einen Artikel zeigen, der mir ein wenig Kummer macht.«

Diese Woche brachte Alain kein Interesse dafür auf. Es war Donnerstag, Donnerstag, der 19. Oktober. Das war leicht zu merken, denn am Mittwoch, dem 18., hatte alles angefangen. Gestern. Um diese Zeit hatte er in seinem Büro gesessen, auf dem Platz, den jetzt Boris einnahm, danach war er zur Druckerei in die Avenue de Châtillon gefahren, und nichts war in seinen Augen wichtiger gewesen als die nächste Nummer von *Toi*, die bald herauskommen würde.

»Monsieur Blanchet ist am Apparat.«

Er drückte auf einen Knopf.

»Alain hier.«

»Ich habe dich angerufen, weil ich nicht weiß, was ich machen soll. Adriennes Vater ist in Paris eingetroffen. Er ist im Hotel ›Lutétia‹ abgestiegen.«

Wie jeder ordentliche Intellektuelle aus der Provinz oder aus dem Ausland!

»Er möchte uns beide sehen.«

»Warum beide?«

»Immerhin geht es um seine beiden Töchter, oder?«

Die eine tot, die andere im Gefängnis!

»Ich habe ihn für alle Fälle zum Abendessen bei mir zu Hause eingeladen, denn ins Restaurant können wir wohl kaum gehen. Wir haben ausgemacht, daß ich ihm fest zusage, sobald ich mit dir Kontakt aufgenommen habe.«

»Um wieviel Uhr?«

»Gegen acht.«

Es folgte ein Schweigen.

»Adriennes Leichnam wird morgen vormittag überstellt. Die Beisetzung findet am Samstag statt.«

An die Beisetzung hatte er noch gar nicht gedacht.

»Heute abend, einverstanden.«

»Hast du sie gesehen?«

»Ja.«
»Hat sie etwas gesagt?«
»Sie hat mich um Verzeihung gebeten.«
»Dich?«
»Es überrascht dich vielleicht, aber es ist so.«
»Was hält der Richter von der Sache?«
»Er hat mir seine Meinung nicht anvertraut.«
»Und Rabut?«
»Nicht gerade begeistert.«
»Übernimmt er die Verteidigung?«
»Solange er nur sich von sich reden macht...«
»Bis heute abend.«
»Bis heute abend.«

Er betrachtete Boris und Gagnon, die halblaut den Artikel besprachen, hätte sich am liebsten eine der Sekretärinnen oder Telefonistinnen, mit denen er bereits geschlafen hatte, ausgesucht, um sich irgendwo mit ihr zu lieben.

Die Menschen haben Vorurteile, und womöglich hätte das Mädchen abgelehnt.

»Bis gleich oder bis morgen.«

Es war erst vier Uhr. Er ging ins Clocheton.

»Einen doppelten?«

Eigentlich war ihm nicht nach Trinken zumute. Das war mechanisch.

»Aber ja, Schnuckelchen.«
»Haben Sie sie gesehen?«
»Vor knapp einer Stunde.«

Natürlich kannte der Barkeeper Chaton. Jeder kannte Chaton, weil man sie ständig ein Stück neben seinem rechten Ellbogen gesehen hatte.

»Ist sie sehr niedergeschlagen?«
»Ihr fehlt bloß ein anständiger Whisky.«

Sein Gegenüber wußte nicht, ob er lächeln sollte oder nicht. Hätte er ihn schockiert? Und wennschon! Es war seine Art, Leute bewußt zu schockieren. Oder vielmehr, er hatte es so lange Jahre bewußt getan, daß es ein Teil seines Wesens geworden war.

»Sieht aus, als hörte es bald auf zu regnen.«
»Ich habe gar nicht gemerkt, daß es regnet.«

Er stützte sich eine Viertelstunde lang mit den Ellbogen auf die Theke, dann setzte er sich wieder in seinen Wagen und fuhr die Champs-Élysées entlang unter einem Himmel, der sich in der Tat aufhellte, ein häßliches, furunkulöses Gelb.

Er zweigte in die Avenue Wagram ab, fuhr weiter über den Boulevard de Courcelles. Er bog nicht links ab, um nach Hause zu fahren, sondern parkte den Wagen am oberen Ende des Boulevard de Batignolles.

Die Leuchtreklamen waren soeben angegangen. Er kannte die Place Clichy in all ihren Erscheinungen: schwarz vor Passanten, die in die Eingänge der Metro strömten oder daraus hervorbrachen, oder wie ausgestorben um sechs Uhr morgens, den Straßenfegern und Clochards vorbehalten, sonnig, verschneit, verregnet, im Winter, im Sommer, zu jeder Jahreszeit.

Er kannte sie bis zum Überdruß, hatte er sie doch achtzehn Jahre lang von seinem Fenster aus gesehen. Siebzehn, denn im ersten Jahr war er noch zu klein, um das Fenster zu erreichen, und konnte auch noch nicht laufen.

Er bog in eine Gasse ein zwischen einem Bistro und

einem Schuhhändler. Ein in all den Jahren unveränder‑
tes Schild verkündete:

>   *Oscar Poitaud*
>   *Zahnarzt*
>   *(2. Stock rechts)*

Jeden Tag, wenn er zurückkam, erst vom Kindergarten, dann von der Grundschule, schließlich vom Gymnasium, hatte er dieses Schild auf seinem Weg vorgefunden, und er war noch keine acht Jahre alt, als er sich geschworen hatte, niemals Zahnarzt zu werden, komme, was wolle.

Er traute dem Aufzug nicht, der ein- bis zweimal die Woche defekt war und mitsamt seinen Benutzern zwischen zwei Etagen steckenblieb.

Er stieg die alte Treppe empor, auf der kein Teppich lag, durch das Zwischengeschoß, wo eine Fußpflegerin arbeitete, und den ersten Stock, in dem jedes Zimmer als Büroraum für ein anderes Geschäft diente. Armselige Geschäfte am Rande des Betrugs.

Soweit er zurückdenken konnte, hatte es im Haus mindestens einen Wucherer gegeben, nicht immer denselben, nicht immer im gleichen Stock.

Er war keineswegs gerührt. Seine Kindheit rührte ihn nicht, im Gegenteil! Er haßte seine Kindheit, hätte sie am liebsten wie Kreide auf einer Tafel ausgewischt.

Er trug seiner Mutter nichts nach. Sie war ihm beinahe ebenso fremd wie seine Tanten, die er früher einmal im Jahr gesehen hatte, während der Ferien, wenn sie die Verwandtschaft in Dijon besuchten.

Auf der Seite seiner Mutter waren das die Parmerons, jener Name, der, um den Vornamen Jules vermehrt, über dem Süßwarenladen prangte. Die Tanten waren allesamt vom gleichen Kaliber, klein und untersetzt, mit ernstem Gesicht und einem schwachen, süßsauren Lächeln.

Er betrat das Eßzimmer, das als Salon diente. Der eigentliche Salon war für die wartenden Patienten reserviert. Er erkannte den Geruch wieder, hörte das Surren des Bohrers im Sprechzimmer seines Vaters.

Seine Mutter trug eine Schürze, die sie rasch auszog, während sie die Tür öffnete. Er beugte sich herab, um sie auf die Wangen zu küssen, denn er war um einiges größer als sie.

Sie wagte es nicht, ihm ins Gesicht zu sehen, murmelte auf dem Weg in das Eßzimmer mit den schweren Möbeln:

»Wenn du wüßtest, wieviel Sorgen ich mir mache.«

Fast hätte er geantwortet:

»Und ich erst!«

Das wäre nicht nett gewesen.

»Dein Vater hat heute morgen, als er die erste Seite der Zeitung sah, nicht zu Ende frühstücken können.«

Immerhin konnte er sich in seiner Praxis abkapseln und alle Viertelstunde einen Patienten in Empfang nehmen.

»Spülen Sie sich den Mund aus... Spucken Sie aus...«

Als Kind hatte er zuweilen mit dem Ohr an der Tür gelauscht.

»Werden Sie mir weh tun?«

»Ach was! Wenn Sie nicht daran denken, tut es überhaupt nicht weh.«

Soso? Alain brauchte also nur nicht zu denken.

»Wie konnte das kommen, Alain? Eine Person, die immer so sanftmütig wirkte!«

»Ich weiß es nicht, Mama.«

»Glaubst du, sie war eifersüchtig?«

»Sie machte nicht den Eindruck.«

Endlich sah sie ihn an, furchtsam, als hätte sie Angst, ihn irgendwie verändert vorzufinden.

»Du wirkst nicht besonders erschöpft.«

»Nein. Es ist ja auch erst einen Tag her.«

»Sind sie im Büro vorbeigekommen, um es dir mitzuteilen?«

»Zu Hause. Ein Inspektor wartete unten auf mich. Er hat mich zum Quai des Orfèvres gebracht.«

»Du hast doch nichts getan, oder?«

»Deshalb hatten sie trotzdem Fragen an mich.«

Sie ging auf den Geschirrschrank zu, um eine angebrochene Flasche Wein und ein Stielglas hervorzuholen. Das war Tradition. Ganz gleich, wer sie besuchte.

»Erinnerst du dich, Alain?«

»Woran, Mama?«

Eines der farblosen, tristen Gemälde zeigte eine Kuh auf einer Wiese, neben einem Gatter.

»Was ich dir immer wieder gesagt habe. Aber du mußtest ja unbedingt deinen Kopf durchsetzen. Du hast nie einen richtigen Beruf erlernt.«

Er kam lieber nicht auf das Magazin zu sprechen, das sie für Teufelswerk hielt.

»Dein Vater sagt nichts, aber er bereut bestimmt

seine Nachgiebigkeit. Er hat dir zuviel Freiheit gelassen, und mir hat er als Entschuldigung immer nur gesagt:

›Du wirst sehen, er macht seinen Weg ganz allein...‹«

Sie schneuzte sich, wischte sich mit einer Ecke ihrer Schürze über die Augen. Sie war stehen geblieben, er hingegen hatte sich auf einem der Stühle mit den ledernen Sitzflächen niedergelassen. Sie blieb stehen, wie immer.

»Was wird nun werden, was meinst du?«

»Es wird einen Prozeß geben.«

»Wird auch von dir die Rede sein?«

»Wohl oder übel.«

»Sag es mir, Alain. Lüg mich nicht an. Du weißt, daß ich merke, wenn du lügst. Es ist deine Schuld, nicht wahr?«

»Was meinst du damit?«

»Du hattest ein Verhältnis mit der Schwester, und als deine Frau dahinterkam...«

»Nein, Mama. Ich kann nichts dafür.«

»Ist da noch jemand anders?«

»Vielleicht.«

»Jemand, den du kennst?«

»Das kann sein. Sie hat es mir nicht gesagt.«

»Findest du nicht auch, daß sie womöglich verrückt ist? An deiner Stelle würde ich darauf bestehen, daß sie von einem Spezialisten untersucht wird. Sie war immer so sanft, so nett. Im Grunde mochte ich sie, und sie schien sehr an dir zu hängen. Trotzdem hatte ich schon immer den Verdacht, daß da etwas war.«

»Und was?«
»Das ist schwer zu sagen. Sie war nicht wie alle anderen. Eine meiner Schwägerinnen, Hortense, die du nicht gekannt hast, war auch so, der gleiche Blick, die gleichen Gesten, und die ist in einem Irrenhaus gelandet.«

Sie spitzte die Ohren.

»Bleib hier. Die Patientin geht gleich. Dein Vater wird sich die Zeit nehmen, dich zu begrüßen, bevor er die nächste hereinbittet.«

Sie verschwand durch den Flur. Kurz darauf kam sie in Begleitung eines breitschultrigen Mannes mit kurzen grauen Haaren zurück.

Er umarmte seinen Sohn nicht. Selbst als Kind hatte er ihn nur selten geherzt. Er legte ihm beide Hände auf die Schultern und schaute ihm in die Augen.

»Ist es schwer?«

Alain bemühte sich zu lächeln.

»Ich werde es schon aushalten.«
»Hast du nichts geahnt?«
»Nein, nichts...«
»Hast du sie gesehen?«
»Vorhin, im Büro des Richters.«
»Was sagt sie?«
»Sie weigert sich, Fragen zu beantworten.«
»Es besteht kein Zweifel, daß sie es war?«
»Nicht der leiseste Zweifel.«
»Hast du eine Ahnung, warum?«
»Ich überlege lieber gar nicht erst.«
»Und der Ehemann?«
»Er hat mich gestern abend besucht.«

»Die Eltern?«

»Ihr Vater ist in Paris eingetroffen. Ich esse gleich mit ihm zu Abend.«

»Ein feiner Kerl...«

Die beiden Männer waren sich erst drei-, viermal begegnet, aber sie waren sich gleich sympathisch gewesen.

»Kopf hoch, mein Sohn, überflüssig zu betonen, daß dir das Haus offensteht, daß wir für dich da sind. Ich muß wieder in den Betrieb.«

So nannte er seine Praxis. Er klopfte Alain noch einmal auf die Schulter, ging zur Tür in seinem weißen Kittel, der ihm bis zu den Waden reichte. Warum bloß hatte er immer viel zu lange Kittel getragen?

»Siehst du. Er sagt nichts, aber er ist erschüttert. Die Poitauds haben noch nie ihre Gefühle gezeigt. Als du klein warst, wolltest du nicht weinen, wenn ich dabei war.«

Der Rotwein schlug ihm auf den Magen, und er winkte seiner Mutter ab, die ihm ein zweites Glas einschenken wollte.

»Danke. Ich muß gehen.«

»Hast du jemand, der sich um dich kümmert?«

»Die Putzfrau.«

»Stimmt, du ißt ja im Restaurant. Verdirbst du dir so nicht den Magen?«

»Der ist aus Eisen.«

Er stand auf, den Kopf in Höhe des Lüsters, beugte sich zu seiner Mutter herab und küßte sie auf die Wangen. Kurz vor der Tür hielt er inne.

»Hör zu, Mama. Ich kann dich nicht daran hindern,

Zeitung zu lesen. Nimm aber bitte nicht alles für bare Münze, was darin steht. Das ist nicht immer die Wahrheit, davon kann ich ein Lied singen. Bis demnächst.«

»Hältst du uns auf dem laufenden?«

»Versprochen.«

Er ging die steile Treppe hinunter. Geschafft. Das schuldete er ihnen. Mittlerweile stieg regelrechter Nebel von dem nassen Pflaster auf, hüllte die Lampen und Leuchtreklamen ein.

Ein Junge lief mit einem Stoß Zeitungen auf dem Arm herbei, doch ihm war nicht danach zumute, eine zu kaufen.

Irgendwohin mußte er wohl oder übel fahren. Irgendwo mußte er bleiben. Aber wo?

Die Menschen um ihn herum hatten es eilig, überholten einander, rempelten sich an, als hätten sie ein Ziel, das sie dringendst erreichen mußten. Er stand auf der Bordsteinkante in der feuchten Luft, zündete sich eine Zigarette an.

Warum?

Ein Kammerdiener in weißem Kellnersakko, Albert, nahm ihm seinen Überzieher ab und führte ihn in den Salon. Blanchet stand allein dort, in einem schwarzen Anzug. Offenbar hatte er geglaubt, sein Schwiegervater sei gekommen, denn sein Gesichtsausdruck änderte sich, als er Alain erblickte.

»Sieht so aus, als sei ich der erste.«

Sein Gang war ein wenig steif, denn er hatte am Spätnachmittag reichlich getrunken. Seine Augen waren glänzend, gerötet, was Blanchet nicht entging.

»Setz dich.«

Der Salon war zu hoch, zu weiträumig für sie. Die antiken Möbel mußten aus dem Mobilier National stammen, und der riesige Kronleuchter aus Kristall vermochte die Ecken des Zimmers nicht auszuleuchten.

Sie sahen einander an, ohne sich die Hand zu geben.

»Er wird gleich kommen.«

Er kam, zum Glück. Man hörte die Klingel, Alberts Schritte, die Tür, die aufging. Schließlich führte der Kammerdiener einen Mann herein, der ebenso groß war wie die Blanchets, aber sehr schmal, leicht gebeugt, mit feinen, bleichen Gesichtszügen.

Seine knochige Hand drückte eindringlich Alains Hand. Ohne einen Ton zu sagen, ging er auf seinen anderen Schwiegersohn zu, um ihm ebenfalls die Hand zu drücken, danach schüttelte ihn ein Hustenanfall, und er verbarg seinen Mund hinter einem Taschentuch.

»Achtet nicht darauf. Meine Frau liegt mit einer Bronchitis im Bett. Der Arzt hat ihr nicht erlaubt mitzufahren. Es ist sicher besser so. Ich selbst habe nur eine schlimme Erkältung.«

»Sollen wir in mein Büro gehen?«

Ein Büro im Empirestil, ebenso offiziell wie der Salon.

»Was darf ich Ihnen anbieten, Monsieur Fage?«

»Irgend etwas. Vielleicht ein Glas Portwein?«

»Und du?«

»Scotch.«

Blanchet zögerte, zuckte mit den Schultern. Mit seinem noch jungen, faltenfreien Gesicht, seinen zurückgeworfenen grauen Haaren und seinen feingeschnittenen Zügen entsprach André Fage genau dem Bild, das sich die Leute von einem Intellektuellen machten. Man spürte seine Ruhe und seine Sanftmut.

Nachdem Albert die Gläser gefüllt hatte, schaute er abwechselnd Alain und Blanchet an, dann stellte er fest:

»Ihr sitzt beide im gleichen Boot, und ich, ich habe meine beiden Töchter verloren. Ich frage mich, um welche ich mehr trauere...«

Seine Stimme klang dumpf vor mühsam zurückgehaltener Rührung. Sein Blick fiel wieder auf Alain.

»Haben Sie sie gesehen?«

Sie begegneten sich so selten, daß sie sich kaum kannten.

»Heute nachmittag, bei dem Untersuchungsrichter.«
»Wie war sie?«
»Ich war überrascht, wie ruhig sie war, wie sehr sie sich in der Gewalt hatte. Sie war elegant gekleidet, und man hätte schwören können, sie sei nur zu Besuch!«
»Das sieht meiner Jacqueline ähnlich! So war sie immer schon. Als kleines Kind versteckte sie sich, wenn sie sich hilflos fühlte, in irgendeiner finsteren Ecke der Wohnung, nicht selten in einem Schrank, und tauchte erst wieder auf, wenn sie sich wieder gefaßt hatte.«

Er trank einen kleinen Schluck Portwein, stellte sein Glas ab.

»Ich habe es vermieden, Zeitung zu lesen, und ich werde noch eine Weile darauf verzichten.«
»Wie haben Sie davon erfahren?«
»Durch den Polizeikommissar. Er legte Wert darauf, selbst vorbeizukommen, und er hat sich sehr anständig

verhalten. Meine Frau ist, wie gesagt, bettlägerig. Wir haben die halbe Nacht leise miteinander gesprochen, als hätte sich die Sache bei uns abgespielt.«

Er blickte sich um.

»Wo ist es eigentlich passiert?« fragte er Blanchet.

»Im Schlafzimmer, genauer gesagt in dem kleinen Boudoir unmittelbar daneben.«

»Wo sind die Kinder?«

»Sie essen gerade mit Nana im Spielzimmer zu Abend.«

»Wissen sie Bescheid?«

»Noch nicht. Ich habe ihnen gesagt, ihre Mutti habe einen Unfall gehabt. Bobo ist erst sechs Jahre alt, Nelle gerade drei.«

»Sie haben noch viel Zeit.«

»Morgen früh wird sie überführt. Die Beisetzung findet am Samstag um zehn Uhr statt.«

»Kirchlich?«

Er war nicht gläubig, und seine Töchter waren konfessionslos aufgewachsen.

»Ja, es wird eine Messe und eine Absolution geben.«

Alain fühlte sich derart fremd, daß er sich fragte, was er hier überhaupt zu suchen hatte. Dabei hatte er sich zu diesem Schwiegervater, dessen Freund er hätte werden können, stets hingezogen gefühlt. Hatte Fage nicht seine Dissertation den Beziehungen zwischen Baudelaire und seiner Mutter gewidmet?

Er hörte ihnen zu, ohne den Wunsch zu verspüren, sich einzumischen. Sie waren anders als er, vor allem Blanchet. Sie hätten auf verschiedenen Planeten beheimatet sein können.

Oder war er es, der nicht so war wie die anderen? Immerhin hatte er geheiratet. Er hatte ein Kind, ein Haus auf dem Land. Er arbeitete von morgens bis abends, oft bis tief in die Nacht.

Es schien ihm, als sei das Licht fahl. War das eine Wahnvorstellung, daß er seit gestern überall das Gefühl hatte, es sei zu dunkel? Er fühlte sich in diesem Halbdunkel wie eingesperrt, und die Worte drangen wie durch Watte zu ihm.

»Monsieur, es ist aufgetragen.«

Albert trug weiße Handschuhe. Der Tisch, groß genug für zwölf Personen, war mit Silbergeschirr und Kristallgläsern gedeckt, in der Mitte stand ein blumengeschmückter Tafelaufsatz. Hatte Blanchet an die Blumen gedacht? Geschah das automatisch, ohne sein Zutun?

Sie saßen weit auseinander, Fage zwischen sich, über seine Suppe gebeugt.

»Weiß man, ob sie gelitten hat?«

»Der Arzt behauptet, nein.«

»Als sie klein war, nannte ich sie meine träumende Prinzessin. Sie hatte weder die Lebhaftigkeit noch den Charme Jacquelines. Sie war sogar ein wenig tolpatschig.«

Alain konnte nicht umhin, sich gewisse Bilder von Adrienne ins Gedächtnis zu rufen, sie mit dem von dem Vater skizzierten Porträt zu vergleichen.

»Sie spielte kaum, sie war fähig, eine Stunde lang am Fenster zu sitzen und den Wolken am Himmel nachzublicken.

›Langweilst du dich nicht, mein Schatz?‹

›Warum sollte ich mich langweilen?‹

Manchmal waren meine Frau und ich erschrocken über ihre Ruhe, die wir für einen Mangel an Vitalität hielten. Unser Arzt, Dr. Marnier, beruhigte uns.

›Sorgen Sie sich nicht. Wenn sie erst einmal aufwacht, werden Sie Mühe haben, sie im Zaum zu halten. Dieses Kind hat ein intensives Innenleben.‹«

Sie schwiegen. Blanchet hustete in die Stille, allerdings nicht so lang wie sein Schwiegervater. Seezungenfilets wurden gereicht.

»Später wurden sie eifersüchtig aufeinander, obwohl wir alles taten, um es zu verhindern. Ich glaube, das ist in allen Familien so. Es fing damit an, daß Jacqueline die Erlaubnis erhielt, eine Stunde länger aufzubleiben als ihre Schwester.

Monatelang hat sich Adrienne geweigert, einzuschlafen. Sie fiel um vor Müdigkeit, aber sie hielt durch, und schließlich haben wir uns auf einen Kompromiß geeinigt. Sie gingen gleichzeitig ins Bett, in der Mitte zwischen den ursprünglichen Zeiten.«

»Das war ungerecht Jacqueline gegenüber«, bemerkte Alain.

Es erschien ihm merkwürdig, diesen Namen auszusprechen, sie nicht Chaton zu nennen.

»Ich weiß. Bei Kindern ist keine Gerechtigkeit möglich.

Mit dreizehn forderte Adrienne, sich wie ihre Schwester, die sechzehn war, kleiden zu dürfen, so daß sie bereits aussah wie ein junges Mädchen.

Zwei Jahre später fing sie an zu rauchen. Meine Frau und ich waren so großzügig wie möglich. Beiden gegenüber. Wenn sie sich gegen uns gestellt hätten, wäre das für uns noch schlimmer gewesen.«

Sein Blick schweifte ins Leere. Die Wirklichkeit holte ihn plötzlich wieder ein, und er fügte mit leiser Stimme hinzu:

»Hätte es schlimmer kommen können?«

Er betrachtete seine beiden Schwiegersöhne.

»Ich frage mich, wer von Ihnen mir mehr leid tut.«

Mit finsterem Gesicht widmete er sich wieder seinem Essen. Man hörte nur noch das Geräusch der Gabeln auf dem Porzellan.

Albert wechselte die Teller, trug Rebhuhn auf, füllte die Gläser mit Burgunder.

Blanchet sagte:

»Ich war drüben, um sie mir anzusehen.«

Drüben, das hieß im Gerichtsmedizinischen Institut. Metallschubladen, Aktenschränken ähnlich, in denen die Leichen aufbewahrt wurden.

Der Vater murmelte:

»Dazu hätte ich nicht die Kraft gehabt.«

War das alles nicht ein wenig unwirklich? War das nicht eher eine Bühnenausstattung, in der drei Schauspieler viel zu langsam ihre Rolle spielten? Immer wieder trat unerträgliche Stille ein. Mehrfach verspürte Alain den Drang, zu schreien, mit den Armen zu fuchteln, irgend etwas zu tun, zum Beispiel seinen Teller auf den Boden zu werfen, um die Dinge ins Leben zurückzurufen.

Sie redeten nicht über die gleichen Frauen. Für Fage waren sie Babys, kleine Mädchen, Jugendliche geblieben.

»Als meine Kinder zur Welt kamen, hatte ich geträumt, eines Tages ihr Vertrauter zu sein, ein Freund, der ihnen vielleicht nützlich sein könnte.«

Er überlegte, wandte sich an Blanchet.

»Hat Adrienne viel mit Ihnen geredet?«

»Nein, nicht viel. Sie verspürte nicht das Bedürfnis, aus sich herauszugehen.«

»Und mit Ihren Freunden?«

»Sie war eine gute Hausherrin, ohne sich jedoch in den Vordergrund zu drängen. Man nahm ihre Gegenwart kaum wahr.«

»Sehen Sie! Sie ist die gleiche geblieben. Sie lebte innerlich, unfähig, sich mitzuteilen. Und Jacqueline, Alain?«

Er zögerte, wußte nicht, was er sagen sollte. Er wollte diesen Mann nicht betrüben, der mit soviel Anstand den Schlag hinnahm, den ihm das Schicksal versetzte.

»Chaton... So nannte ich sie...«

»Ich weiß.«

»Chaton legte Wert darauf, daß ihre Persönlichkeit intakt blieb, und deshalb hat sie weiter gearbeitet. Zu diesem Bereich hatte ich keinen Zutritt, sie hat mich auch nie um Hilfe oder Rat gebeten. Ein Teil des Tages gehörte ihr allein. Danach wich sie keine Sekunde von meiner Seite.«

»Merkwürdig, was Sie da sagen. Ich sehe sie noch vor mir, wie sie auf einem Sessel in meinem Arbeitszimmer sitzt und ihre Hausaufgaben macht. Sie kam so leise herein, daß ich, wenn ich den Kopf hob, überrascht war, sie vor mir zu sehen.

›Wolltest du mit mir reden?‹
›Nein.‹
›Bist du sicher, daß du mir nichts sagen willst?‹
Sie schüttelte den Kopf. Sie war zufrieden, da zu sitzen, und ich fuhr mit meiner Arbeit fort.
Als sie beschloß, Aix zu verlassen und in Paris weiterzustudieren, habe ich begriffen, daß sie nicht die Tochter des Professors sein wollte.«
Falsch! Chaton hatte beschlossen, ihr Leben selbst zu gestalten.
»Natürlich hat Adrienne den gleichen Weg eingeschlagen, so daß meine Frau und ich allein zurückblieben, und das zu einem Zeitpunkt, da wir hofften, am meisten von unseren Kindern zu haben.«
Er sah sie nacheinander an.
»Dafür haben Sie um so mehr von ihnen gehabt.«
Was hatte es zum Nachtisch gegeben? Alain erinnerte sich nicht mehr. Sie erhoben sich von der Tafel und folgten dem Hausherrn in das Arbeitszimmer, wo man ihnen eine Kiste Havannas reichte.
»Kaffee?«
Alain wagte es nicht, auf seine Armbanduhr zu schauen. Die Empire-Wanduhr war stehengeblieben.
»Ich habe mich nie in ihre Angelegenheiten gemischt. Ich habe sie nicht gedrängt, öfter zu schreiben und mir mehr Einzelheiten mitzuteilen. Haben sie sich nach ihrer Heirat noch besucht?«
Alain und Blanchet blickten sich fragend an. Blanchet sagte:
»Jacqueline kam mit ihrem Mann von Zeit zu Zeit zum Abendessen. Nicht oft.«

»Durchschnittlich zweimal im Jahr«, präsizierte Alain.

Sein Schwager sah darin einen Vorwurf.

»Ihr wußtet, daß ihr uns immer willkommen wart.«

»Beide Seiten hatten ihre eigenen Verpflichtungen.«

»Sie haben miteinander telefoniert. Ich glaube, sie haben sich auch in der Stadt zum Tee getroffen.«

Alain hätte schwören können, daß das innerhalb von sieben Jahren höchstens zweimal vorgekommen war.

»Wir begegneten uns im Theater, im Restaurant.«

Fage sah sie nacheinander an, ohne daß sein Blick etwas von seinen Gedanken preisgab.

»Haben Sie das Wochenende auf dem Land verbracht, Alain?«

»Manchmal auch einen Teil der Woche.«

»Wie geht es Patrick?«

»Er wird ein kleiner Mann.«

»Kennt er seinen Vetter und seine Kusine?«

»Sie haben sich gesehen.«

Fage fragte nicht, wie oft, und das war besser so. Auch er schien sich in diesem Haus unwohl zu fühlen, das nur ein Dekor war und nichts von dem alltäglichen Leben seiner Bewohner verriet.

»Hat sie den Grund genannt?«

Sie kamen übergangslos auf das Hauptthema zu sprechen.

Alain schüttelte den Kopf.

»Und keiner von Ihnen kennt ihn?«

Eine noch tiefere Stille antwortete ihm.

»Vielleicht wird Jacqueline ihr Schweigen brechen...?«

»Ich bezweifele es«, seufzte Alain.

»Glauben Sie, man wird mir erlauben, sie zu sehen?«

»Davon bin ich überzeugt. Wenden Sie sich an den Untersuchungsrichter Bénitet. Ein feiner Mann.«

»Ob sie *mir* etwas sagen wird?«

Er lächelte traurig, so sehr zweifelte er daran. Sein Gesicht war bleich, seine Lippen farblos, und trotz seiner Größe wirkte er kraftlos.

»Im Grunde glaube ich, daß ich sie verstehe.«

Erneut betrachtete er sie. Es schien Alain, daß in dem Blick, den er ihm zuwarf, mehr Sympathie war als in dem, der Blanchet galt. Sympathie, aber auch Neugier, vielleicht sogar ein gewisses Mißtrauen?

Schließlich seufzte er:

»Es ist vielleicht besser so...«

Einzig Blanchet rauchte eine Zigarre, und ihr süßlicher Duft machte die Atmosphäre noch drückender. Alain war bei seiner vierten oder fünften Zigarette angelangt. Fage rauchte nicht. Er zog eine Schachtel aus seiner Tasche und entnahm ihr eine Tablette, die er in den Mund schob.

»Soll ich Ihnen ein Glas Wasser bringen lassen?«

»Nicht nötig, ich bin es gewohnt. Ein Mittel, um den Kreislauf anzuregen. Nichts Ernstes.«

Was blieb noch zu sagen? Blanchet öffnete den Schrank, der als Bar diente.

»Was darf ich Ihnen anbieten? Ich habe einen sehr alten Armagnac...«

»Danke.«

»Danke.«

Er war enttäuscht, trotz seines massigen, schlaffen Körpers erinnerte er an ein schmollendes Kind.

Er wandte sich an Fage.

»Entschuldigen Sie, daß ich Sie nicht früher gefragt habe. Würden Sie sich hier nicht wohler fühlen als im Hotel? Wir haben ein Gästezimmer.«

»Danke. Ich bin seit Jahren an das ›Lutétia‹ gewöhnt! Schon als Student bin ich, wie die meisten meiner Kommilitonen und Professoren, dort abgestiegen, wenn ich nach Paris kam. Die Ausstattung hat ein wenig von ihrem Glanz eingebüßt. Wie ich auch...«

Er stand auf, zog seinen hageren Körper auseinander wie ein Akkordeon.

»Es wird Zeit aufzubrechen. Ich danke Ihnen beiden.«

Er hatte sich nicht anmerken lassen, was er dachte. Er hatte sie kaum etwas gefragt. Das war vielleicht nicht nur Taktgefühl.

»Ich fahre auch«, erklärte Alain.

»Möchtest du nicht noch einen Moment bleiben?«

Wollte Blanchet etwas mit ihm besprechen? Oder hatte er Angst davor, was er seinem Schwiegervater sagen könnte?

»Es wird Zeit, daß ich ins Bett komme.«

Albert hielt ihre Mäntel bereit.

»Morgen werden wir sie feierlich im Salon aufbahren.«

Die Türen zum Salon standen offen, und der Raum wirkte riesig. Ob sich der Vater gerade die gleiche Kulisse mit den schwarzen Trauerbehängen und dem von Kerzen umgebenen Sarg in der Mitte vorstellte?

»Danke, Roland.«

»Gute Nacht, Monsieur Fage.«

Alain folgte seinem Schwiegervater über die Treppe. Der Kies der Allee, auf der es von pechschwarzen Bäumen auf sie herabtropfte, knirschte unter ihren Füßen.

»Auf Wiedersehen, Alain...«

»Mein Wagen steht dort vorne. Ich kann Sie zurückfahren.«

»Danke. Ich möchte ein paar Schritte laufen.« Er betrachtete die menschenleere, immer noch glänzende Straße, seufzte mehr zu sich selbst: »Ich habe das Bedürfnis, allein zu sein.«

Alain überlief es kalt, er schüttelte schnell die knochige Hand und eilte zu seinem Wagen.

Eine neue Last ruhte schwer auf seinen Schultern. Ihm war, als hätte ihm jemand die Leviten gelesen, und er fühlte sich wie ein kleiner Junge.

Auch er verspürte das Bedürfnis, allein zu sein, aber ihm fehlte die Kraft. Während er fuhr, fragte er sich, wo er Leute finden konnte, irgendwelche Leute, denen er zurufen konnte:

»Hallo, ihr Schnuckelchen!«

Man würde ihm Platz machen. Der Kellner würde sich vorbeugen.

»Einen doppelten, Monsieur Alain?«

Er schämte sich. Er kam nicht dagegen an.

5

Eine Klingel ertönte, sehr fern und sehr nah zugleich, dann eine Pause, dann wieder die Klingel, als wollte ihm jemand ein Zeichen geben. Wer mochte ihm ein Zeichen geben wollen? Er war unfähig, sich zu rühren, denn er befand sich in einem Loch. Er mußte einen Schlag auf den Schädel erhalten haben, er hatte Kopfschmerzen.

Das hielt sehr lange an, bis er begriff, daß er in seinem Bett lag. Er stand taumelnd auf.

Er war nackt. Auf dem zweiten Kopfkissen erblickte er einen roten Haarschopf. Er hatte inzwischen begriffen, daß jemand an der Wohnungstür klingelte, und er machte sich auf die Suche nach seinem Morgenrock, entdeckte ihn auf dem Boden, hatte Schwierigkeiten, ihn anzuziehen.

Als er das Studio betrat, stellte er fest, daß der Tag über Paris gerade erst anbrach. Nur ein schmaler gelber Streifen in der Ferne, über den Dächern. Die Klingel ertönte von neuem, er öffnete die Tür und sah sich einer unbekannten jungen Frau gegenüber.

»Die Concierge hat mir schon gesagt...«

»Was hat Ihnen die Concierge gesagt?«

»Daß Sie sicher nicht sofort aufmachen. Sie sollten mir besser einen Schlüssel geben.«

Er verstand immer noch nichts. Sein Kopf drohte zu

zerspringen. Er musterte verdutzt die kleine, dralle Person vor ihm, die so burschikos auftrat und sich das Lachen kaum verkneifen konnte.

»Sie sind aber bestimmt nicht zeitig ins Bett gekommen, sagen Sie mal!« bemerkte sie.

Sie zog ihren dicken, blauen Wollmantel aus. Er zögerte, zu fragen, wer sie sei.

»Hat Ihnen die Concierge nicht von mir erzählt?«

Es kam ihm vor, als hätte er die Concierge seit Jahren nicht mehr gesehen.

»Ich bin die neue Putzfrau. Ich heiße Mina.«

Sie hatte ein in Seidenpapier eingewickeltes Päckchen auf den Tisch gelegt.

»Angeblich muß ich Sie um acht Uhr mit jeder Menge Kaffee und Croissants wecken. Wo ist die Küche?«

»Es gibt nur eine Kochnische. Hier lang.«

»Und der Staubsauger?«

»Im Besenschrank.«

»Legen Sie sich wieder hin?«

»Ja. Ich glaube schon.«

»Soll ich Sie trotzdem um acht Uhr wecken?«

»Ich weiß nicht. Nein. Ich werde Sie rufen.«

Sie hatte einen Brüsseler Akzent, und fast hätte er sie gefragt, ob sie Flämin sei. Im Augenblick war das alles viel zu kompliziert.

»Tun Sie, was Sie möchten.«

Er kehrte ins Schlafzimmer zurück, schloß die Tür, betrachtete stirnrunzelnd die roten Haare und verschob dieses Problem auf später.

Er brauchte unbedingt zwei Aspirin. Er zerbiß sie,

weil ihm sein Arzt erklärt hatte, die Schleimhäute des Mundes nähmen Medikamente schneller auf als die des Magens. Er trank Wasser aus dem Hahn.

Er erblickte seinen Schlafanzug hinter der Tür und zog den Morgenrock aus, um in den Pyjama zu schlüpfen.

Er hatte keinerlei Erinnerung, was ihm erst zwei-, dreimal in seinem Leben passiert war. Die Wanne war bis obenhin voll mit Seifenwasser. Hatte er ein Bad genommen? Oder die rothaarige Unbekannte?

Er hatte bei diesem Trottel von Blanchet zu Abend gegessen. Trübe! Unheimlich! Hatte er beim Aufbruch wenigstens die Tür zugeknallt? Nein. Er sah sich wieder mit Fage auf dem Bürgersteig stehen. Feiner Kerl! Einem Mann wie Fage hätte er gern alles erzählt, was er auf dem Herzen hatte.

Ja, und ob. Die Leute stellten sich vor, er habe nichts auf dem Herzen, bloß weil er sich zynisch gab. Trotzdem, wenn Fage nur nicht sein Schwiegervater gewesen wäre.

Er sah noch, wie er in seinem langen grauen Überzieher in der Dunkelheit der Straße entschwunden war.

Er hatte getrunken. Nicht weit weg. Ein Café, das er nicht kannte, das erstbeste, das er erblickt hatte. Ein ganz anderes Café als die Lokale, in denen er sonst verkehrte. Stammgäste. Beamte wahrscheinlich, die Karten spielten. Man hatte ihn beobachtet. Es war ihm egal. Man erkannte ihn offenbar aufgrund der Fotos, die in den Zeitungen erschienen waren.

»Einen Doppelten!«
»Einen doppelten was?«

»Sagen Sie, haben Sie von nichts 'ne Ahnung?«
Der Wirt ließ sich nicht einschüchtern.
»Wenn Sie wollen, kann ich ja auf gut Glück eine Flasche herausgreifen...«
»Whisky.«
»Brauchten Sie bloß zu sagen. Perrier?«
»Wer hat denn von Perrier geredet?«
Er war aggressiv. Er mußte Dampf ablassen.
»Also stilles Wasser.«
»Haben Sie überhaupt schon einmal stilles Wasser gesehen, hm?«
Hier imponierte er niemand.
»Quellwasser.«
Er hatte sich nicht mit einem Glas begnügt. Er hatte drei oder vier getrunken, und alle hatten ihm nachgeblickt, als er auf die Tür zugegangen war.

Er hatte sich umgedreht, um sie seinerseits anzustarren. Alles Schwachköpfe. Vom Schlage Blanchet, nur ein paar Stufen tiefer. Er hatte ihnen die Zunge herausgestreckt, danach hatte er eine Weile gebraucht, um seinen Wagen wiederzufinden. Den roten, versteht sich. Der gelbe, das war der von Chaton. Er stand in der Werkstatt. Seine Frau würde ihn vorerst nicht brauchen.

Es war merkwürdig, fast indezent, sich seine Frau und seine Schwägerin als Kinder, als junge Mädchen vorzustellen. Wo hatte er die Seine überquert? Er konnte sich an eine Brücke erinnern, an den Mond, der zwischen zwei Wolken hervorgekommen war, an Lichtreflexe auf dem Wasser.

Es drängte ihn, seine Freunde zu finden. Er kannte

sämtliche Stellen, wo Aussicht bestand, ihnen zu begegnen. Ganz gleich, wem. War er nicht der Mann mit den meisten Freunden der Erde?

Er hätte nicht heiraten dürfen. Entweder entscheidet man sich dafür, eine Frau zu haben, oder man...

»Niemand da?«

»Ich habe niemanden gesehen, Monsieur Alain. Einen doppelten?«

»Wenn du meinst, Schnuckelchen.«

Warum nicht? Er hatte nichts Besseres zu tun. Im Büro wurde er nicht gebraucht. Boris kümmerte sich um alles. Sonderbarer Typ, Boris. Er war nur von sonderbaren Typen umgeben.

»'n Abend, Paul.«

»Gute Nacht, Monsieur Alain.«

Das mußte im ›Chez Germaine‹ gewesen sein, in der Rue de Ponthieu. Danach...

Er nahm ein drittes Aspirin, putzte sich die Zähne, gurgelte, denn er hatte einen schlechten Geschmack im Mund. Er wusch sich das Gesicht mit kaltem Wasser, fuhr sich mit dem Kamm durchs Haar. Er war alles andere als schön. Er ekelte sich.

Er war woanders eingekehrt, aber wo? Sie waren in dieser Nacht allesamt wie vom Erdboden verschluckt. Nicht ein einziger aus der Clique. Was sollte das heißen? War das Absicht, um ihm aus dem Weg zu gehen? Hatten sie Angst, mit ihm zusammen gesehen zu werden?

Er ging ins Schlafzimmer zurück, hob einen kleinen Slip und einen Büstenhalter vom Boden und legte beides auf einen Stuhl, dann lüftete er die Bettdecke.

Er erblickte ein Gesicht, das er nicht kannte, ein sehr junges Gesicht, das im Schlaf ganz unschuldig wirkte. Die Lippen waren zu einem kindlichen Schmollmund verzogen.

Wer war sie? Was war geschehen?

Torkelnd überlegte er, ob er sich noch einmal hinlegen und schlafen sollte. Er spürte das Blut in seinen Augen pulsieren, und das war ein sehr unangenehmes Gefühl.

Er kehrte in das Studio zurück, wo die Putzfrau anfing, Ordnung zu schaffen. Sie hatte ihr Kleid mit einem recht durchsichtigen Nylonkittel vertauscht, durch den man ihre Strumpfhalter erkennen konnte.

»Wie heißen Sie?«

»Mina. Das habe ich Ihnen schon gesagt.«

Ihr war wieder nach Lachen zumute. Das mußte eine Manie sein.

»Nun gut, Mina, kochen Sie mir einen sehr starken Kaffee.«

»Ich glaube, den könnten Sie vertragen.«

Er war nicht beleidigt. Er blickte ihr nach, als sie hinternwackelnd die Küche ansteuerte, und er sagte sich, daß er eines Tages mit ihr schlafen werde. Er hatte noch nie mit einer Putzfrau geschlafen. Sie waren alle über das Alter hinaus gewesen, und er erinnerte sich nur an harte und tragische Gesichter. Frauen, die viel Pech gehabt hatten und dies der ganzen Welt nachtrugen.

Der gelbe Streifen am Himmel hatte sich ausgeweitet. Das Gelb war intensiver geworden. Es regnete nicht mehr. Man konnte weiter sehen als an den letzten

Vormittagen, und er erahnte die Türme von Notre-Dame.

Wer wollte ihn anrufen? Das war einer der wenigen Gedanken, der an der Oberfläche trieb. Jemand wollte ihn anrufen. Es war wichtig. Er hatte versprochen, zu Hause zu sein.

Der vertraute Kaffeeduft drang zu ihm herüber. Mina konnte nicht wissen, daß er seinen Kaffee stets aus der großen blauen Tasse trank, die dreimal soviel faßte wie eine gewöhnliche Tasse.

Er ging auf die Kochnische zu. Er spürte, daß sie glaubte, er komme wegen etwas anderem. Sie war nicht erschrocken. Sie wartete, mit dem Rücken zu ihm.

Er öffnete den Wandschrank.

»Das ist die Tasse, aus der ich jeden Morgen trinke.«
»Jawohl, Monsieur.«

Warum mußte sie sich ständig das Lachen verkneifen? Was hatte man ihr über ihn erzählt? Jemand mußte mit ihr über ihn geredet haben. Tausende, Abertausende von Leuten redeten in den letzten Tagen über ihn.

»Ich bringe ihn Ihnen sofort.«

Sie kam, als er gerade eine Zigarette ausdrückte. Der Tabak schmeckte schlecht.

»Sie haben aber letzte Nacht nicht viel geschlafen, sagen Sie!«

Er schüttelte den Kopf.

»Ich nehme an, die andere Person schläft noch...?«
»Woher wissen Sie, daß jemand in meinem Schlafzimmer ist?«

Sie holte einen orangefarbenen seidenen Schuh aus

einer Ecke, ein Schuh mit einem sehr hohen und sehr spitzen Absatz.

»Da müßten eigentlich zwei von dasein, oder?«
»Das erscheint mir wahrscheinlich.«
Sie lachte.
»Das ist komisch.«
»Was ist komisch?«
»Nichts. Alles. Sie.«
Er verbrühte sich den Mund, als er den Kaffee an die Lippen setzte.
»Wie alt sind Sie?«
»Zweiundzwanzig.«
»Sind Sie schon lange in Paris?«
»Erst sechs Monate.«
Er traute sich nicht, zu fragen, was sie während dieser sechs Monate gemacht habe. Es überraschte ihn, daß sie sich dafür entschieden hatte, putzen zu gehen.
»Stimmt es, daß Sie mich nur halbtags nehmen?«
Er zuckte mit den Schultern.
»Das ist mir gleich. Was meinen Sie?«
»Ich hätte lieber eine Ganztagsstelle.«
»Können Sie haben.«
»Zahlen Sie das Doppelte?«
»Wenn Sie wollen.«
Endlich konnte er schlückchenweise seinen Kaffee trinken. Fast hätte er die ersten Schlucke wieder von sich gegeben, dann stellte sich sein Magen darauf ein.
»Wird die Dame nicht böse sein?«
»Keine Ahnung.«
»Wollen Sie sie nicht wecken?«
»Schon möglich. Das wäre vielleicht besser.«

»Ich mache für alle Fälle noch Kaffee. Sie brauchen nur zu rufen.«

Er blickte ihr erneut nach, sie wiegte sich wiederum in den Hüften, als sie sich entfernte. Schließlich stieß er die Tür auf, drückte sie hinter sich zu, stellte sich neben das Bett und zog die Decke ein Stück zurück.

Ein blaugrünes Auge öffnete sich, wanderte seine Gestalt hinauf bis zu seinem Gesicht. Ohne sich zu rühren, sagte sie mit belegter Stimme:

»Hello, Alain.«

Sie erinnerte sich, sie schon. Wenn sie betrunken gewesen war, dann weniger als er.

»Wieviel Uhr ist es?«

»Ich weiß es nicht. Unwichtig.«

Jetzt hatte sie beide Augen offen. Sie schlug die Decke zurück, entblößte eine feste Brust, deren rosige Warzen kaum entwickelt waren.

»Wie fühlst du dich?« fragte sie.

»Schlecht!«

»Kein Wunder.«

Sie hatte einen leichten englischen Akzent, und er fragte sie:

»Bist du Engländerin?«

»Durch meine Mutter.«

»Wie heißt du?«

»Weißt du meinen Namen nicht mehr? Bessie.«

»Wo sind wir uns begegnet?«

Er hatte sich auf die Bettkante gesetzt.

»Gibt es hier vielleicht ein wenig Kaffee?«

Es fiel ihm schwer, aufzustehen, durch das Studio bis zu der Kochnische zu wandern.

»Mina, Sie hatten recht. Sie möchte Kaffee.«

»Ich bringe ihn sofort. Keine Croissants? Die Concierge hat gesagt, ich sollte welche mitbringen.«

»Wenn Sie meinen.«

Er ging zurück ins Schlafzimmer. Bessie lag nicht mehr in dem ungemachten Bett. Er sah sie splitternackt aus dem Bad kommen, sie legte sich wieder hin und deckte sich lediglich bis zu den Knien zu.

»Wem gehört die Zahnbürste links vom Spiegel?«

»Wenn sie einen grünen Griff hat, dann ist es die meiner Frau.«

»Die, die ihre...«

Es klopfte an der Tür. Bessie rührte sich nicht. Mina trat ein, ein Tablett auf der Hand.

»Wo soll ich das abstellen?«

»Geben Sie her.«

Sie musterten einander neugierig, ohne eine Spur von Scham.

Als die Putzfrau das Zimmer verlassen hatte, erkundigte sich Bessie:

»Arbeitet sie schon lange hier?«

»Seit heute morgen. Ich habe sie zum erstenmal gesehen, als ich ihr vorhin die Tür aufgemacht habe.«

Sie trank begierig ihren Kaffee.

»Was wolltest du wissen?«

»Wo wir uns begegnet sind.«

»Im ›Grelot‹.«

»In der Rue Notre-Dame-de-Lorette? Merkwürdig. Da gehe ich sonst nie hin.«

»Du suchtest jemanden.«

»Wen?«

»Das hast du nicht verraten. Du hast nur immer wieder gesagt, es sei ungeheuer wichtig, daß du ihn findest.«

»Bist du dort Animierdame?«

»Tänzerin. Ich war nicht allein.«

»Wer war bei dir?«

»Zwei deiner Freunde. Ein gewisser Bob.«

»Demarie.«

»Ich glaube ja. Er ist Schriftsteller.«

Demarie, der zwei Jahre zuvor den Prix Renaudot erhalten hatte und nun für *Toi* arbeitete.

»Und der andere?«

»Warte. Ein Fotograf, gesundheitlich nicht ganz auf der Höhe und ziemlich deprimiert. Er hat ein leicht schiefes Gesicht.«

»Julien Bour?«

»Möglich.«

»Mit zerknitterter Kleidung?«

»Stimmt.«

Bours Kleidung war ständig zerknittert, und er schien ein schiefes Gesicht zu haben, vielleicht, weil er ständig den Kopf zur Seite neigte.

Ein komischer Kauz. Er machte die besten Fotos für das Magazin. Keine aggressiven Nacktbilder, wie andere sie veröffentlichen. *Toi* war dazu gedacht, in die Privatsphäre der Leute vorzudringen. Die jungen Mädchen, die Frauen sollten sich darin wiedererkennen. Ein junges schlafendes Mädchen beispielsweise, von dem nur eine Brust zu sehen war, eine Brust, die eine Art menschliche Dimension erlangte. Das zumindest war die Predigt, die Alain seinen Mitarbeitern hielt.

»Unsere Texte müssen wirken wie die Briefe, die uns unsere Leserinnen schreiben.«

Keine exquisite Szenerie. Ein Zimmer wie jedes andere. Keine allzu geschminkten Gesichter, lange Wimpern, purpurrote, halb offene Lippen, hinter denen schneeweiße Zähne schimmerten.

Die Idee war ihm eines Nachmittags gekommen, als er seiner Schwägerin beim Ankleiden zusah. Zu jener Zeit schrieb er noch Artikel über die Welt des Theaters und des Kabaretts. Er hatte einige Chansons verfaßt.

Der Titel war ihm sofort eingefallen.

»*Toi*...«, hatte er halblaut gemurmelt.

»Was ist los? Worin unterscheide ich mich von den anderen?«

Eben, sie war wie alle anderen.

»Ich habe eine Idee. Ein neues Magazin. Ich erzähle dir nächstes Mal davon.«

Er hatte einen Entwurf zusammengestellt, für den er sämtliche Texte geschrieben hatte. Er kannte Bour noch nicht, und es war ihm ungeheuer schwergefallen, die Pressefotografen dazu zu bringen, was ihm vorschwebte.

»Nein, mein Freund. Die sieht nicht aus wie ein echtes junges Mädchen.«

»Kannst du mir mal sagen, wie ich ein echtes junges Mädchen dazu bewegen soll, ihren Hintern fotografieren zu lassen?«

Der Besitzer einer Druckerei hatte ihm Kredit gewährt. Lusin, der sein Werbeagent geworden war, hatte die Wohnung auf dem fünften Stock in der Rue de Marignan ausfindig gemacht.

»Woran denkst du?« fragte das Mädchen, während es an einem Croissant knabberte.

»Als ob ich in der Lage wäre, zu denken... Wie habe ich mich in dem Ding benommen?«

»Du hast in einem fort von einem Typ geredet, der angeblich das schönste Gesicht der Welt hat.«

»Habe ich gesagt, wer das sein soll?«

»Du hattest gerade mit ihm zu Abend gegessen.«

»Mein Schwiegervater?«

»Möglich. Du wolltest ihm ungemein wichtige Dinge erzählen. Alles war ungemein wichtig. Du hast mich neben dir Platz nehmen lassen und meinen Oberschenkel betatscht.«

»Haben die anderen nicht protestiert?«

»Der Fotograf war nicht begeistert. Irgendwann hast du sein Glas umgestoßen. Er hat dir vorgeworfen, zuviel zu trinken, und du hast gedroht, ihm den Schädel geradezubiegen. Und du hast ihm ein Schimpfwort an den Kopf geworfen, das ich noch nie gehört habe. Warte. Du hast behauptet, er sei ein Schleimer! Ich habe schon gedacht, ihr würdet euch prügeln, der Kellner auch, aber dann ist er gegangen.«

»Allein?«

»Der andere hat das Lokal ein paar Minuten später verlassen.«

»Und wir?«

»Du hast eine Magnumflasche Champagner bestellt und verkündet, das sei zwar der letzte Dreck, aber das sei ein Tag, um Champagner zu trinken. Du hast sie fast allein leergemacht. Ich habe nur drei, vier Schalen getrunken.«

»Warst du auch blau?«

»Ein wenig. Doch, ganz schön.«

»Bin ich bis hierher gefahren?«

»Der Inhaber hat dich daran gehindert. Ihr habt euch eine Weile auf dem Bürgersteig gestritten, schließlich bist du in ein Taxi gestiegen.«

Er nahm ihr den Teller ab, den sie leer gegessen hatte.

»Haben wir miteinander geschlafen?«

»Erinnerst du dich nicht mehr?«

»Nein.«

»Ich war halb eingeschlafen, und du warst wie besessen. Du hast mich angebrüllt:

›Komm schon! Na komm schon, du Miststück!‹

Zum Schluß hast du mir ein paar Ohrfeigen verpaßt und immer weiter gebrüllt.«

Sie lachte und schaute ihn mit leuchtenden Augen an.

»Das Komischste war, es hat funktioniert.«

»Wer von uns hat gebadet?«

»Wir beide.«

»Zusammen?«

»Du wolltest es unbedingt. Danach hast du dir ein Glas gemacht. Bist du nicht müde?«

»Mir ist schwindlig. Mit tut alles weh.«

»Nimm ein Aspirin.«

»Ich habe schon drei genommen.«

»Hast du deinen Anruf erhalten?«

»Nein. Ich weiß nicht einmal, um was für einen Anruf es sich handelt.«

»Du hast ein dutzendmal mit gerunzelter Stirn davon geredet.«

Er streichelte ihr mechanisch über die Hüfte.

Das war das erste Mal, daß eine andere Frau als Chaton in diesem Bett schlief, in dem sie noch drei Nächte zuvor gelegen hatte. Was für ein Tag war heute?

Vielleicht hätte er das nicht tun sollen. Er würde später darüber nachdenken. Seine Augenlider brannten. Er legte sich wieder hin. Er fühlte sich besser so, und er hörte das leise Summen des Staubsaugers nebenan. Seine Hand suchte erneut nach Bessies Hüfte. Sie hatte die gleiche zarte, helle Haut wie Adrienne.

Er wollte weder an seine Frau noch an seine Schwägerin denken. Zweimal, dreimal glaubte er, er habe geschlafen, aber jedesmal mußte er feststellen, daß er nur eingedöst war. Die Welt konnte noch so verschwommen, noch so fremdartig sein, es gab sie dennoch. Es gab sogar in der Ferne das Brummen der Autobusse, zuweilen Reifenquietschen.

Er wand sich, um seinen Pyjama auszuziehen und ihn weiter unter die Decke zu schieben.

Er spürte sie ganz warm an seiner Seite. Er rührte sich nicht. Er weigerte sich, aus dem Fegefeuer hervorzukommen, in dem er versunken war, und es war an ihr, ihn mit ihren spitzen Nägeln dazu zu bewegen, in sie einzudringen.

Diesmal erkannte er das Klingeln des Telefons, und er war sofort hellwach. Während er den Arm nach dem Hörer ausstreckte, warf er einen Blick auf die Wanduhr, die elf Uhr anzeigte.

»Hallo! Hier Alain Poitaud.«

»Rabut. Ich habe es zuerst in Ihrem Büro versucht. Ich bin noch in der Petite Roquette. Ich fahre jetzt nach

Hause, und ich würde Sie gern in einer halben Stunde sehen.«

»Gibt es etwas Neues?«

»Das hängt davon ab, was man Neues nennt. Ich brauche Sie.«

»Ich komme. Vielleicht ein wenig später.«

»Nicht zu spät. Ich habe noch einen anderen Termin und um zwei Uhr eine Verhandlung.«

Er stieg aus dem Bett und sprang unter die Dusche. Er stand noch immer darunter, als Bessie das Badezimmer betrat.

Er zog sich einen Frotteebademantel über, begann sich zu rasieren.

»Bist du lange weg?«

»Keine Ahnung. Gut möglich, daß ich den Rest des Tages unterwegs bin.«

»Und ich? Was soll ich machen?«

»Was du willst.«

»Kann ich noch ein wenig schlafen?«

»Wenn du möchtest.«

»Hast du keine Lust, mich heute abend noch hier anzutreffen?«

»Nein. Nicht heute abend.«

»Wann?«

»Mal sehen. Laß mir deine Telefonnummer da. Möchtest du Geld?«

»Das ist nicht der Grund, weshalb ich mitgekommen bin.«

»Ich frage dich nicht, weshalb du mitgekommen bist. Das ist mir egal. Brauchst du Geld?«

»Nein.«

»Schön. Mach mir einen Whisky. Du findest eine Art Bar in dem Studio.«

»Ich habe sie letzte Nacht schon gesehen. Kann ich da so, wie ich bin, hineingehen?«

Er zuckte mit den Schultern. Fünf Minuten später schlüpfte er in seine Hose. Er streckte den Whisky mit ein wenig Wasser und schluckte ihn in einem Zug wie ein Medikament. Ihm fiel ein, daß sein Wagen nicht vor der Tür stand. Er würde ihn später in der Rue Notre-Dame-de-Lorette abholen müssen.

»Tut mir leid, Schnuckelchen. Eine wichtige Sache.«
»Ich habe es gehört. Wer war das?«
»Der Anwalt.«
»Der Anwalt deiner Frau?«
Er betrat das Studio.
»Sie nehmen mich also ganztags?«
»Einverstanden. Auf dem Küchentisch liegt ein Schlüssel. Das ist Ihrer. Wecken morgens um acht mit Kaffee und Croissants.«

Auf der Treppe nahm er drei, vier Stufen auf einmal, und an der Ecke hielt er ein Taxi an.

»Boulevard Saint-Germain. Ich glaube, Nummer 116.«

Er irrte sich nicht. Er erinnerte sich, daß Rabuts Wohnung im dritten Stock lag, und nahm den Aufzug. Eine Sekretärin mit Brille öffnete ihm, schien ihn zu erkennen.

»Hier entlang. Sie müssen einen Moment warten. Monsieur Rabut telefoniert gerade.«

Rechts befand sich eine Tür mit zwei Flügeln, links ein Flur, an dem Büroräume lagen. Man hörte das

Klappern von Schreibmaschinen. Rabut beschäftigte mehrere Volontäre, die einer nach dem anderen durch den Flur gingen, um ihm einen Blick zuzuwerfen.

Endlich öffnete sich die Tür.

»Kommen Sie rein, mein Lieber. Ich habe soeben eine Stunde mit Ihrer Frau verbracht.«

»Hat sie sich entschlossen zu reden?«

»Nicht in dem Sinne, wie wir erhofft haben. In dieser Hinsicht schweigt sie beharrlich. Bei anderen Fragen überdies auch. Immerhin hat sie mich nicht rausgeworfen, was schon ein Fortschritt ist. Wissen Sie, daß sie eine sehr intelligente Frau ist?«

»Das hat man mir oft gesagt.«

Er fügte nicht hinzu, daß dies nicht die Eigenschaft war, die er am meisten an seiner Frau schätzte.

»Sie hat eine außergewöhnliche Willenskraft. Sie ist jetzt den zweiten Tag im Gefängnis. Man hat ihr eine kleine Zelle gegeben, in der sie ganz allein ist. Man hatte ihr angeboten, sie mit einer anderen Inhaftierten zusammenzulegen. Sie hat abgelehnt. Vielleicht wird sie ihre Meinung noch ändern.«

»Trägt sie Gefangenenkleidung?«

»Untersuchungshäftlinge tragen ihre eigene Kleidung. Sie braucht nicht zu arbeiten. Schlagen Sie sich aus dem Kopf, daß sie einwilligt, von Ihnen besucht zu werden. Sie lehnt es entschieden ab. Sie schwingt keine Reden, regt sich nicht auf. Man spürt, wenn sie etwas sagt, ist es unnütz, weiter nachzuhaken.

›Sagen Sie ihm, daß er mich nicht wiedersehen wird, außer während der Verhandlung, weil das unumgänglich ist, und auch dort nur von weitem.‹

Das hat sie wortwörtlich gesagt. Als ich ihr von Ihrer Verwirrung erzählte, hat sie ganz ruhig geantwortet:

›Er hat mich nie gebraucht. Er braucht Leute um sich, ganz gleich, wen. Es spielt keine Rolle, wer an seiner Seite ist.‹«

Dieser Satz überraschte Alain dermaßen, daß er einen Teil des Folgenden nicht mitbekam.

»Er braucht Leute um sich.«

Sie hatte recht. Er hatte stets das Bedürfnis verspürt, diejenigen um sich zu haben, die er seine Kumpane oder seine Mitarbeiter nannte. Allein wurde er unruhig, verspürte er eine vage, krankhafte Unruhe. Er fühlte sich nicht sicher, und deshalb hatte er, trotz seines Rausches, letzte Nacht ein Mädchen mit nach Hause genommen. Was würde er heute abend tun? Und morgen?

Er sah sich allein in dem ehemaligen Atelier, vor dem nächtlichen Paris.

»Ihr Vater wird sie heute nachmittag besuchen. Sie war sofort damit einverstanden, ihn zu sehen.

›Armer Papa! Ihn trifft das alles noch am härtesten.‹

Als ich ihr mitteilte, ihre Mutter sei krank, war sie keineswegs betroffen, nicht einmal interessiert.

Ich wollte mit ihr über ihre Verteidigung reden. Wir können nicht zusehen, wie sie zu zwanzig Jahren, wenn nicht lebenslänglich verurteilt wird, und deshalb brauchen wir ein Motiv, das die Jury erschüttert. Ich wüßte nur ein Verbrechen aus Eifersucht. Sie kommen nicht in Frage.«

»Warum nicht?«

»Sie haben es mir selbst gesagt. Es ist jetzt fast ein

Jahr her, daß Sie sich zuletzt mit der Schwester getroffen haben. Schwierig für mich, eine verspätete Eifersucht vorzubringen. Denken Sie bloß nicht, die Polizei bleibe untätig. Bis heute abend, wenn es nicht schon soweit ist, hat sie das möblierte Appartement gefunden, in dem Ihre Rendezvous stattfanden. Wir müssen unbedingt die Identität des anderen feststellen.«

Er warf Alain, der bleich geworden war, einen Blick zu.

»Ist das unerläßlich?«

»Ich dachte, ich hätte es Ihnen gerade erklärt. Ich behaupte nicht, daß das angenehm für Sie ist, aber es ist nun mal Tatsache, es sei denn, wir sind allesamt auf dem Holzweg. Ist Ihnen in den letzten Monaten im Verhalten Ihrer Frau nichts aufgefallen?«

Bleich, wie er war, hatte er plötzlich das Gefühl, rot zu werden, denn ihm war plötzlich etwas eingefallen. Bislang hatte er nicht daran gedacht. Erst Rabuts schonungslose Frage hatte seine Erinnerung wachgerufen, vielleicht auch, was sich heute morgen mit Bessie in seinem Bett abgespielt hatte.

Jahrelang hatte sich Chaton in sexueller Hinsicht stets bereit gezeigt. Oftmals spielten sie ein kleines Spiel, das ihr Geheimnis war. Sie las, sah fern oder schrieb einen Artikel. Plötzlich murmelte er:

»Guck mich an, Chaton.«

Sie drehte sich um, ohne sich etwas dabei zu denken, dann brach sie in Lachen aus.

»Da haben wir's! Na schön! Zwecklos, daß ich weiterarbeite. Wie schaffst du es nur, mich immer wieder zu beeinflussen?«

Seit dem Beginn des Sommers hatte sie jedoch mehrmals verlegen gesagt:

»Heute nicht, ja? Ich weiß nicht, was ich habe. Ich fühle mich müde.«

»Das sieht dir gar nicht ähnlich.«

»Vielleicht werde ich alt.«

Rabut beobachtete ihn.

»Nun?«

»Vielleicht.«

»Ob unangenehm oder nicht, Sie werden während der öffentlichen Verhandlung eh auspacken müssen. Sie wollen doch, daß sie freigesprochen wird, nicht wahr?«

»Selbstverständlich.«

»Selbst wenn sie nicht zu Ihnen zurückkehren sollte?«

»Nach dem, was sie Ihnen erklärt hat, beabsichtigt Sie wohl auf keinen Fall, weiter mit mir zusammenzuleben.«

»Lieben Sie sie immer noch?«

»Ich glaube schon.«

»Die Polizei hat auch schon daran gedacht. Vielleicht findet sie unseren Mann. Meines Erachtens sind Sie eher dazu in der Lage, denn es ist gut möglich, daß es sich um einen Freund des Hauses handelt.«

Rabut merkte, daß sein Gesprächspartner nicht ganz auf der Höhe war.

»Was ist los mit Ihnen?«

»Achten Sie nicht darauf. Gestern abend war ich gezwungen, bei meinem Schwager zu Abend zu essen, und danach habe ich mich sinnlos betrunken. Ich höre Ihnen trotzdem zu.«

»Sie hat mir noch eine Sache gesagt, die mich verblüfft hat und die zu wiederholen ich ihr verboten habe. Ich habe mit ihr über Ihren Sohn Patrick gesprochen. Ich habe sie aufgefordert, an ihn, an seine Zukunft zu denken. Daraufhin hat sie fast schroff geantwortet:
›Ich hatte noch nie ein mütterliches Gemüt.‹
Stimmt das?«

Alain mußte überlegen, sein Gedächtnis nach Bildern durchforschen. Als Patrick geboren wurde, waren sie alles andere als reich. Das war kurz bevor ihm die Idee mit dem Magazin gekommen war. Chaton hatte sich sehr stark, mit zuweilen übertriebener Sorgfalt, um das Baby gekümmert. So wie sie beim Abtippen ihrer Artikel eine Seite neu schrieb, wenn sie einen Tippfehler entdeckte.

Sie hatten knapp zwei Jahre zu dritt in Paris gelebt. Dann hatten sie ein Kindermädchen genommen, und von diesem Zeitpunkt an hatte sich Chaton wieder in ihre Arbeit gestürzt, um ihn täglich irgendwo zu treffen und spät in der Nacht mit ihm nach Hause zurückzukehren.

Sie dachte nicht daran, nach dem schlafenden Kind zu sehen, bevor sie sich hinlegte. Das mußte Alain meistens allein tun.

Sie hatten Les Nonnettes gekauft und renoviert, sie fuhren jedes Wochenende dorthin, und sie nutzte die Zeit vor allem dazu, zu arbeiten.

»Ich verstehe, was sie meint«, murmelte er.

Rabut stand auf, den Blick auf die Wanduhr gerichtet. Ein Klingeln war auf seinem Schreibtisch zu hören. Er hob ab.

»Ja. Stellen Sie durch. Er ist noch hier.«

Er reichte Alain den Apparat:

»Ihr Büro.«

»Hallo, Alain? Boris hier. Ich versuche seit einer halben Stunde, dich zu erreichen. Bei dir zu Hause hat mir eine Frau, deren Stimme mir unbekannt war, mitgeteilt, du seist auf einen Anruf hin aus dem Haus gestürmt. Sie hat von einem Anwalt geredet. Ich habe Helbig angerufen, er war nicht da. Als ich ihn endlich hatte, meinte er, du seist bei Rabut.

Es gibt Neuigkeiten, und zwar seit etwa einer Stunde. Kommissar Roumagne ist mit zwei seiner Leute vorbeigekommen. Er hat mir ein vom Untersuchungsrichter unterzeichnetes Schreiben gezeigt und sich in deinem Büro breitgemacht. Er hat jede Schublade peinlich genau untersucht. Danach hat er mich um eine Liste des Personals gebeten. Er hat erklärt, er habe die Absicht, jeden zu verhören, werde aber nicht lange brauchen. Er wollte unbedingt mit den Telefonistinnen beginnen.«

»Ich komme.«

Er legte auf, wandte sich an Rabut, der ungeduldig wartete.

»Kommissar Roumagne ist mit zwei weiteren Beamten in meinem Büro. Er hat meine Schubladen durchstöbert und verhört meine Angestellten. Er legte Wert darauf, mit den Telefonistinnen zu beginnen.«

»Was habe ich Ihnen gesagt?«

»Glauben Sie, er verdächtigt einen meiner Mitarbeiter?«

»Jedenfalls ist er jetzt auf der Pirsch, und Sie werden

ihn nicht aufhalten. Danke, daß Sie gekommen sind. Versuchen Sie, unseren Mann zu finden.«

Unseren Mann! Der Ausdruck war von einer solchen Ironie, daß Alain nicht umhinkonnte zu lächeln.

»Sie sehen aus, als könnten Sie einen Schluck vertragen. Linker Hand, wenn Sie aus dem Haus kommen, finden Sie eine Kneipe.«

Alain war wütend auf ihn. Wegen allem möglichen war er wütend auf ihn, wegen der Art, wie er ihn zu sich zitiert hatte, wie er ihm Chatons Worte übermittelt hatte, wie er sein Bedürfnis, etwas zu trinken, erwähnt hatte.

Er wartete mit gesenktem Kopf auf den Fahrstuhl, gelangte tatsächlich an die Theke des kleinen Lokals.

»Einen doppelten Scotch.«

»Wie bitte?«

»Einen doppelten Whisky, wenn Ihnen das lieber ist.«

Arbeiter in Latzhose musterten ihn neugierig. Er hatte keine Lust, Roumagne zu begegnen. Er würde ebenfalls bei seinem Anblick erraten, wie er die letzte Nacht verbracht hatte.

Er schämte sich nicht. Er war frei. Er hatte sein Leben lang Leute verhöhnt, schockiert, absichtlich, als Hobby.

Warum sollte er auf einmal peinlich berührt sein, wenn man ihm ins Gesicht sah? Er hatte nichts getan. Er war nicht dafür verantwortlich, was geschehen war. Tausende von Ehemännern schlafen mit ihren Schwägerinnen, das ist allgemein bekannt. Die jüngeren Schwestern stibitzen gerne, was den älteren gehört.

Adrienne hatte ihn nie geliebt, und es war ihm vollkommen gleich. Hatte ihn womöglich Chaton auch nicht geliebt?

Und im übrigen, was bedeutete dieses Wort? Liebe, davon verkaufte er Woche für Woche eine Million Exemplare. Liebe und Sex. Das war dasselbe.

Er war nicht gern allein. Nicht aus dem Bestreben, Gedanken auszutauschen, nicht einmal aus dem Bedürfnis nach Liebe.

»Rue Notre-Dame-de-Lorette!« rief er dem Fahrer zu, während er die Tür des Taxis zuschlug.

Wonach strebte er? Eigentlich nur danach, daß jemand bei ihm war, irgendwer. Alleinstehende, alte Leute haben einen Hund, eine Katze, einen Kanarienvogel. Manche begnügen sich mit einem Goldfisch.

Er hatte Chaton nie als Goldfisch betrachtet, doch jetzt, da er die Vergangenheit mit anderen Augen sah, wurde er sich darüber klar, daß sie für ihn vor allem eine ständige Präsenz gewesen war. In Lokalen, Restaurants, im Auto. Rechts, wenige Zentimeter neben seinem Ellbogen.

Gegen Mittag und am späten Nachmittag wartete er auf ihren Anruf und wurde nervös, wenn sie auf sich warten ließ. Wie viele richtige Gespräche hatten sie innerhalb von sieben Jahren geführt?

Als er sein Magazin ins Leben rief, hatte er mit ihr darüber geredet, gewiß. Er war aufgekratzt, siegessicher. Sie schaute ihn freundlich lächelnd an.

»Was hältst du davon?«

»Hat es das nicht schon gegeben?«

»Nicht dasselbe. Du übersiehst die private, die intime Seite. Heutzutage muß man sich bemühen, allem eine persönliche Note zu verleihen, eben weil alles serienmäßig hergestellt wird, einschließlich unserer Vergnügungen.«

»Vielleicht.«

»Machst du bei uns mit?«

»Nein.«

»Warum nicht?«

»Die Frau des Chefs sollte nicht Miglied der Belegschaft sein.«

Und es hatte Les Nonnettes gegeben. Sie hatten das Haus eines Samstagnachmittags entdeckt, als sie über Land fuhren. Sonntags schmiedeten sie in dem Gasthof, in dem sie abgestiegen waren, bereits Pläne.

»Wir sind einfach gezwungen, ein Haus auf dem Land zu haben, verstehst du?«

»Mag sein. Ist es nicht ein wenig zu weit außerhalb von Paris?«

»Weit genug, um Störenfriede abzuschrecken. Nicht weit genug, um unsere Freunde zu entmutigen.«

»Beabsichtigst du, viele einzuladen?«

Sie protestierte nicht, ließ ihn gewähren, folgte ihm. Ohne jedoch seine Begeisterung zu teilen.

»Halten Sie hinter dem roten Wagen dort an.«

»Ist das Ihrer?«

»Ja.«

»Sieht aus, als steckten da zwei, drei Zettel an der Windschutzscheibe.«

Es stimmte. Er hatte zwei Strafzettel eingeheimst. Der Schlüssel lag noch auf dem Armaturenbrett. Es dauerte eine Weile, bis der Motor ansprang. Er betrachtete das Lokal, das er vor der letzten Nacht nie betreten hatte. Unter den Fotos mit den nackten Mädchen entdeckte er auch eines von Bessie, in der Mitte, von einem größeren Format, als sei sie die Hauptattraktion.

Er fuhr zur Rue de Marignan und stellte seinen Wagen in den Hof. Er zögerte hinaufzugehen. Es war schon nach Mittag. Die Büros im Erdgeschoß waren geschlossen.

War es schon soweit, daß er vor einem stellvertretenden Kommissar der Kriminalpolizei Angst hatte?

Er betrat den Aufzug. Die Flure und die meisten Büroräume waren leer. Die Tür zu seinem Büro stand weit offen, er erblickte Boris, der auf ihn wartete.

»Sind sie weg?«

»Vor ungefähr zehn Minuten.«

»Haben sie etwas gefunden?«

»Sie haben mir nichts gesagt. Hast du Hunger?«

Alain verzog das Gesicht.

»Du siehst aus wie eine Leiche.«

»Ich habe nur einen Kater. Ich werde versuchen, einen Bissen zu mir zu nehmen, dabei kannst du mir alles erzählen.«

Er hatte erwartet, sein Büro in heilloser Unordnung vorzufinden. Dem war nicht so.

»Deine Sekretärin hat alles wieder aufgeräumt.«

»Wie war er?«

»Der Kommissar? Höflich. Auf deinem Schreibtisch war noch ein Stoß Fotos, die ich als zu gewagt abgelehnt habe. Gut zehn Minuten hat er gebraucht, um sie durchzublättern. Der ist auch nur ein kleines Ferkelchen!«

6

Sie hatten in der Nähe der Place Saint-Augustin ein Restaurant gefunden, in dem man sie nicht kannte, ein Pseudobistro mit rot-weiß karierten Tischtüchern und Vorhängen sowie Unmengen von Kupfer als Wandschmuck. Der Inhaber ging mit Chefaufzug und weißer Kochmütze von Tisch zu Tisch und drängte jedem sein Menü auf.

Sie erhielten einen Platz in einer Ecke, obwohl es recht voll war. All diese Leute, die dort speisten und redeten, waren Alain fremd. Er wußte nichts von ihnen. Sie hatten ihre eigene Existenz, ihre Sorgen, ihre Welt, in der sie sich mit großem Ernst bewegten, als wäre das von Bedeutung.

Warum war das für ihn unentbehrlich? Er wäre nie auf die Idee gekommen, zu zweit, mit Boris zum Beispiel, in seiner Wohnung zu Mittag zu essen. Er hätte sein ganzes Leben anders gestalten können.

Einmal hatten sie es versucht, Chaton und er.

Sie hatte sich in den Kopf gesetzt, selbst zu kochen. Sie aßen Auge in Auge an einem Tisch vor der breiten Fensterfront, durch die man auf die Dächer von Paris blickte.

Manchmal passierte es Alain, daß er zusah, wie sich die Lippen seiner Frau bewegten. Er wußte, daß sie mit ihm sprach, aber die Worte erreichten ihn nicht, oder sie hatten keinen Sinn. Ihm war, als wären sie vom Leben abgeschnitten, gefangen in einer unwirklichen Welt, aus der er, von Panik ergriffen, zu fliehen trachtete.

Das war kein Traum, der ihn im Schlaf heimsuchte. Er mußte sich bewegen, Geräusche hören, menschliche Wesen kommen und gehen sehen, umschwärmt sein.

Umschwärmt, das war das richtige Wort. Im Mittelpunkt stehen, Hauptperson sein?

Noch war er nicht bereit, es sich einzugestehen. Er hatte sein Leben lang Freunde um sich gehabt, und vielleicht war es nur Angst, allein zu sein, wenn er die Abende bis spät in die Nacht ausdehnte.

Freunde? Oder vielleicht eine Art kleiner Hofstaat, den er sich geschaffen hatte, um sich zu beruhigen?

Man brachte ihnen Wurstwaren auf einem Wagen, und er bemühte sich, sie zu essen und mit reichlich Rosé hinunterzuspülen.

»Was hat er dich gefragt?«

»Ungefähr dasselbe wie alle anderen. Zunächst, ob dich deine Frau häufig im Büro besuchte oder abholte. Ich habe nein gesagt, sie habe dich angerufen, und wir hätten sie unten oder im Restaurant getroffen. Dann, ob ich deine Schwägerin gekannt hätte. Ich habe die Wahrheit gesagt. Ich habe sie nie gesehen.«

»Einmal ist sie vorbeigekommen, vor drei Jahren. Sie wollte den Ort sehen, wo ich den größten Teil meiner Zeit verbringe.«

»Ich war damals in Urlaub. Dann wollte er noch wissen, ob du ein Notizbuch mit privaten Telefonnummern hast. Hast du eins?«

»Nein.«
»Das habe ich ihm auch gesagt. Er hat mir noch eine letzte Frage gestellt. Entschuldige, wenn ich sie vor dir wiederhole. Ob deine Frau meines Wissens einen Liebhaber hätte...? Ob ich unter den Mitarbeitern jemanden wüßte, der für diese Rolle in Frage käme...? Wüßtest du jemanden?«

Ernüchtert antwortete er:
»Das könnte jeder beliebige sein.«
»Danach hat er die Telefonistinnen gerufen. Als erste kam Maud herein. Du weißt ja, wie sie ist. Ich durfte bei sämtlichen Vernehmungen dabeisein, vielleicht mit Absicht, damit ich dir davon berichten kann. Bei Maud hörte sich das ungefähr so an:

›Wie lange arbeiten Sie schon für Monsieur Poitaud?‹
›Nächsten Monat sind es vier Jahre.‹
›Sind Sie verheiratet?‹
›Ledig, keine Kinder, und ich lebe auch nicht mit einem Liebhaber zusammen, sondern mit einer ganz reizenden alten Tante.‹
›Sind Sie eine der Gespielinnen von Monsieur Poitaud?‹
›Sie wollen wissen, ob ich manchmal mit Alain schlafe? Ja. Von Zeit zu Zeit.‹
›Wo?‹
›Hier.‹
›Wann?‹
›Wenn er Lust hat. Er bittet mich, länger zu bleiben. Ich warte, bis die Mitarbeiter gegangen sind, dann gehe ich nach oben.‹
›Erscheint Ihnen das natürlich?‹

›Das ist bestimmt nicht übernatürlich.‹
›Sind Sie schon überrascht worden?‹
›Nein, nie.‹
›Was wäre gewesen, wenn seine Frau hereingekommen wäre?‹
›Ich nehme an, wir hätten weitergemacht.‹
›Kennen Sie Adrienne Blanchet?‹
›Ich kenne ihre Stimme.‹
›Rief sie häufig an?‹
›Ungefähr zwei-, dreimal pro Woche. Ich stellte sie dem Chef durch. Die Gespräche waren sehr kurz.‹
›Wann hat sie zum letztenmal angerufen?‹
›Vergangenes Jahr, vor den Weihnachtsferien.‹
›Wußten Sie, daß Alain Poitaud ein Verhältnis mit seiner Schwägerin hatte?‹
›Ja. Ich rief für ihn in der Rue de Longchamp an.‹
›Er hat Sie beauftragt, für ihn anzurufen?‹
›Um das Appartement zu reservieren und eine Flasche Champagner kalt stellen zu lassen. Sie trank offenbar gern Champagner. Er nicht.‹
›Und das ist seit letztem Dezember nicht mehr vorgekommen?‹
›Kein einziges Mal.‹
›Sie hat nicht mehr versucht, ihn zu erreichen?‹
›Nie wieder.‹«

Boris langte beim Sprechen mit großem Appetit zu, während sich Alain vor dem Schweinernen ekelte, das auf seinem Teller lag.

»Die beiden anderen Telefonistinnen haben ihre Aussagen bezüglich deiner Schwägerin bestätigt. Danach kam Colette an die Reihe.«

Seine Sekretärin. Die einzige, die ein wenig Eifersucht zeigte..

»Als er sie gefragt hat, ob sie mit dir geschlafen habe, ist sie zusammengezuckt und hat von Verletzung der Privatsphäre geredet. Schließlich hat sie es zugegeben.«

Sie war fünfunddreißig und verhätschelte ihn wie ein Baby. Ihr Traum wäre gewesen, ihn den ganzen Tag verwöhnen zu dürfen.

»Als nächste kamen die Tippsen und Buchhalterinnen an die Reihe, dann die Männer.

›Verheiratet? Kinder? Würden Sie mir bitte Ihre Adresse geben? Haben Sie öfters mit dem Chef und seiner Frau zu Abend gegessen?‹

Ich habe ihnen ein Zeichen gegeben, sie sollten die Wahrheit sagen. Auch von ihnen wollte er wissen, ob sie deine Schwägerin kannten. Danach hat er gefragt, ob es vorgekommen sei, daß sie Chaton unter vier Augen getroffen hätten.

Bei einigen, Diacre zum Beispiel oder Manoque, ging das schnell über die Bühne.«

Diacre war häßlich wie die Nacht, und Manoque war achtundsechzig Jahre alt.

»Bour war als letzter an der Reihe. Er war gerade erst im Büro eingetroffen und hatte ungefähr den gleichen Kopf wie du.«

»Wir waren letzte Nacht eine Zeitlang zusammen. Mit Bob Demarie. Wir waren alle drei sternhagelvoll.«

»Das war's. Ich habe den Eindruck, der Kommissar ist alles andere als ein Dummkopf und weiß, worauf er hinauswill.«

Bevor das Entrecôte kam, das sie bestellt hatten,

steckte sich Alain eine Zigarette an. Er fühlte sich unwohl, seelisch wie körperlich. Der Himmel war bleiern. Er auch.

»Haben wir heute Freitag?«

»Ja.«

»Sie haben Adrienne in der Rue de l'Université aufgebahrt. Ich frage mich, ob ich auch vorbeigehen soll.«

»Das mußt du besser wissen als ich. Vergiß nicht, es war deine Frau, die...«

Er sprach nicht zu Ende. Natürlich war es seine Frau gewesen, die diejenige getötet hatte, die in dem Sarg lag.

Er kehrte ins Büro zurück. Hätte er Boris nicht zurückbringen müssen, wäre er vielleicht nach Hause gefahren, um zu schlafen.

»Die Sekretärin von Monsieur Rabut hat um Rückruf gebeten, sobald Sie zurück seien.«

»Verbinde mich mit ihr.«

Kurz darauf reichte ihm Colette den Hörer.

»Monsieur Poitaud? Hier ist die Sekretärin von Monsieur Rabut.«

»Ich weiß.«

»Monsieur Rabut bedauert, daß er heute morgen vergessen hat, mit Ihnen darüber zu reden. Ihre Frau hat ihm eine Liste der Dinge gegeben, die sie von Ihnen so bald wie möglich übersandt haben möchte. Soll ich sie Ihnen schicken?«

»Ist sie lang?«

»Nicht sehr.«

»Geben Sie sie mir durch.«

Er zog einen Block heran, notierte die Sachen in einer Reihe untereinander.

»Zunächst ein graues Jerseykleid, das in dem linken Kleiderschrank hängt, sofern sie es nicht in die Reinigung gebracht hat. Sie wüßten schon Bescheid. Einen schwarzen Wollrock, den hintersten mit den drei großen Knöpfen. Vier, fünf weiße Blusen, die schlichtesten. Da drinnen dauere es fast eine Woche, bis die Wäsche aus der Waschküche komme.«

Er glaubte Chaton vor sich zu sehen, sie zu hören. Sie veranstaltete jedesmal das gleiche Theater, wenn sie in einem Hotel abstiegen.

»Die beiden weißen Nylonunterröcke, die ohne Spitzen. Ein Dutzend Strumpfhosen, die zuletzt gekauften, sie befinden sich in einem roten Seidenkuvert.«

Sie war in der Petite Roquette, des Mordes angeklagt. Sie lief Gefahr, zu einer lebenslänglichen Haftstrafe verurteilt zu werden, und sie machte sich Gedanken um ihre Strümpfe.

»Diktiere ich zu schnell? Die schwarzen Lackpantoffeln und die Badeschlappen. Ihr Bademantel. Ein Paar schwarze Schuhe mit halbhohem Absatz. Ein Flakon, nicht zu groß, mit ihrem üblichen Parfüm. Sie wüßten Bescheid.«

Sogar das Parfüm! Sie ließ sich wahrhaftig nicht aus der Ruhe bringen! Sie hielt sich gut, stand mit beiden Beinen mitten im Leben!

»Ein kleiner Vorrat Schlafmittel und ihre Tabletten gegen Sodbrennen. Fast hätte ich es vergessen: Kamm und Bürste, hat sie hinzugefügt.«

»Hat sie diese Liste selbst geschrieben?«

»Ja. Sie hat sie Monsieur Rabut übergeben und ihn

gebeten, sie Ihnen möglichst schnell auszuhändigen. Sie hat noch ein Wort angehängt, das ich nur schlecht lesen kann. Es ist mit Bleistift geschrieben und auf schlechtem Papier. So... Ja, das sind zwei R. *Sorry*...«

Es kam vor, daß sie sich auf englisch unterhielten. *Sorry!* Entschuldigung.

Er blickte zu Colette, die ihn beobachtete, bedankte sich, legte auf.

»Ich hoffe, Sie sind nicht allzu erschüttert wegen Ihres Verhörs...«

Und da sie große Augen machte:

»Entschuldige. Jetzt sieze ich dich schon. War es schlimm für dich, zuzugeben, daß wir hin und wieder miteinander geschlafen haben?«

»Das geht niemanden etwas an.«

»Das meint man. Jeder stellt sich vor, sein Leben gehöre ihm. Dann kommt etwas dazwischen, und alles wird in der Öffentlichkeit breitgetreten.«

Er fügte ironisch hinzu:

»Ich werde breitgetreten!«

»Bist du traurig?«

»Nein.«

»Ist das nicht Fassade?«

»Ich schwöre dir, diese Weiber könnten mit der ganzen Welt geschlafen haben, es würde mich nicht erschüttern.«

Arme Colette! Sie war sentimental geblieben. Sie hätte eine der Leserinnen von *Toi* sein können. Sie mußte eine der wenigen unter den Angestellten sein, die das Magazin ernst nahmen.

Sie hätte lieber gesehen, wenn er daran zerbrochen

wäre. Er hätte den Kopf auf ihre Schulter gelegt, und sie hätte ihn getröstet.

»Ich bin weg. Ich muß ihr ihre Sachen bringen.«

Er lief in den Hof zu seinem Wagen, fuhr einmal mehr die Strecke, die er so gut kannte. Die Luft wurde ein wenig klarer. Die Fußgänger schritten ein wenig fröhlicher aus als am Tag zuvor und blieben vor den Schaufenstern stehen.

Er nahm den Aufzug, schloß die Tür auf, war im ersten Moment überrascht, der neuen Putzfrau gegenüberzustehen. Sie hatte sich also dafür entschieden, ganztags zu arbeiten. Die Wandschränke und Schubladen im Flur standen offen.

»Was machen Sie da, Schnuckelchen?«

Noch siezte er sie. Er war selbst überrascht. Es würde nicht mehr lange dauern.

»Wenn ich Ihnen nützlich sein soll, muß ich wissen, wo Ihre Sachen sind. Ich habe die Gelegenheit ergriffen, sämtliche Kleidungsstücke auszubürsten, die es nötig hatten.«

»Wenn das so ist, dann können Sie mir helfen.«

Er zog die Liste aus seiner Tasche, holte einen ziemlich großen Koffer.

»Das graue Jerseykleid.«

»Das müßte mal in die Reinigung.«

»Meine Frau wußte nicht, ob sie es schon vorbeigebracht hatte oder nicht. Was soll's! Geben Sie es her.«

Danach die Unterröcke, die Schlüpfer, die Strümpfe, die Schuhe, alles Weitere.

»Lassen Sie mich das machen. Sie stopfen ja alles einfach nur rein.«

Er schaute sie überrascht an. Sie war nicht nur ein schönes, knackiges Mädchen, sie schien sich auch auf ihr Fach zu verstehen.

»Wollen Sie das ins Gefängnis bringen?«

»Ja.«

»Das Parfüm auch?«

»Sieht so aus. Solange sie nur beschuldigt wird, genießt sie bestimmte Vergünstigungen. Keine Ahnung, wie weit das geht.«

»Haben Sie sie gesehen?«

»Sie will mich nicht sehen. Ach ja, die Person, die heute morgen in meinem Bett lag...«

Er hatte erwartet, Bessie noch anzutreffen.

»Sie ist kurz nach Ihrem Aufbruch aufgestanden, hat mich gefragt, ob noch Kaffee da sei, und ist mit mir in die Küche gegangen, um neuen zu kochen.«

»Splitternackt?«

»Sie hat Ihren Bademantel angezogen, der auf dem Boden lag. Wir haben ein wenig geplaudert. Ich habe ihr ein Bad eingelassen.«

»Hat sie nichts gesagt?«

»Sie hat mir erzählt, wie sie Ihnen begegnet ist und was letzte Nacht passiert ist. Sie war überrascht, daß ich heute erst bei Ihnen angefangen habe, und sie hat hinzugefügt, daß Sie mich demnächst sicher bräuchten.«

»Wozu?«

Sie antwortete ruhig:

»Zu allem.«

»Dann mach mir einen nicht zu starken Whisky.«

»Jetzt schon?«

Er zuckte mit den Schultern.

»Du wirst dich daran gewöhnen.«

»Sind Sie öfters so wie letzte Nacht?«

»Fast nie. Ich trinke, aber ich bin selten blau. Heute morgen hatte ich den dritten oder vierten Kater meines Lebens. Beeil dich.«

Geschafft. Er duzte sie. Ein Schnuckelchen mehr. Er hatte das Bedürfnis, die Leute in seinen Kreis einzugliedern, und dieser Kreis war ein wenig unter ihm, sogar weit unter ihm angesiedelt.

War es so? Er hatte noch nie darüber nachgedacht. Er hatte geglaubt, seine Freunde bildeten eine Clique von Leuten, die die gleichen Interessen hatten und auf die man zählen konnte.

Das stimmte nicht. Viele Dinge, an die er geglaubt hatte, waren ebenfalls falsch. Eines Tages würde er eine Liste aufstellen, wie es Chaton getan hatte wegen ihrer Kleider, ihrer Wäsche, ihrer Schuhe und allem anderen.

Man würde bald sehen, ob sein Schwager trotz der feierlichen Aufbahrung in die Rue de la Vrillière gefahren war. Wohl kaum. Er stand bestimmt an der Tür des schwarz verhangenen Salons, nicht weit von dem Sarg und den flackernden Kerzen.

»Hallo! Albert? Könnte ich bitte meinen Schwager sprechen? Ja. Ich weiß. Es dauert nicht lange.«

Ein ständiger Andrang, wie nicht anders zu erwarten. Heerscharen von Beamten, Abgeordneten, vielleicht sogar Minister. Die Blanchets waren sehr hoch in der Hierarchie angesiedelt. Man konnte nicht ermessen, wie hoch sie hinauskommen würden.

Warum grinste er? Er beneidete sie nicht. Er hätte auf keinen Fall mit ihnen tauschen mögen. Er konnte sie nicht ausstehen. Außerdem verachtete er sie wegen all der Zugeständnisse, die sie um ihrer Karriere willen machten. Mit einem Wort, das er gern benutzte: Sie waren Schleimer.

»Ich bin's, Alain. Entschuldige, daß ich dich störe.«

»Das ist ein sehr schwerer, ein sehr schmerzlicher Tag für mich, und...«

»Genau. Aus diesem Grund lag mir daran, dich zu sprechen. Es sind bestimmt Fotografen und Journalisten in der Nähe.«

»Die Polizei bemüht sich, sie auf Distanz zu halten.«

»Ich denke, es ist besser, wenn ich mich nicht zeige...«

»Das ist auch meine Meinung.«

»Was morgen betrifft...«

»Du darfst auf keinen Fall am Begräbnis teilnehmen.«

»Das wollte ich gerade sagen. Ich bin der Ehemann der Mörderin, nicht wahr? Ganz davon zu schweigen, daß...«

Was war in ihn gefahren?

»Wolltest du mir sonst noch etwas sagen?« unterbrach ihn Blanchet.

»Nein, das ist alles. Es tut mir leid. Ich möchte nur noch einmal betonen, daß es nicht meine Schuld ist. Das ist inzwischen auch die Ansicht der Polizei.«

»Was hast du ihnen sonst noch erzählt?«

»Nichts. Der Kommissar hat meine Belegschaft verhört. Sie sind in die Rue de Longchamp gefahren.«

»Versteifst du dich darauf, ins Detail zu gehen?«

»Mein Beileid, Roland. Sag unserem Schwiegervater,

daß ich es bedauere, ihn nicht mehr zu sehen. Er ist ein feiner Mensch. Wenn ich ihm irgendwie behilflich sein kann, er weiß, wo ich zu erreichen bin.«

Wortlos legte Blanchet auf.

»War das der Gatte?«

»Mein Schwager, ja.«

Sie betrachtete ihn mit beinahe spöttischem Gesicht.

»Warum lächelst du?«

»Nur so. Soll ich ein Taxi nehmen und an Ihrer Stelle den Koffer abgeben?«

Er zögerte.

»Nein. Es ist besser, wenn ich selbst gehe.«

Immerhin ein Kontakt, trotz allem. Um Liebe handelte es sich wahrscheinlich nicht, nicht um das, was die Leute gemeinhin Liebe nennen. Chaton war jahrelang an seiner Seite spaziert. Sie war dagewesen.

Was hatte sie Rabut genau gesagt? Daß er sie nie wiedersehen würde. Außer von weitem vor Gericht.

Und wenn sie freigesprochen wurde? Rabut stand in dem Ruf, in neun von zehn Fällen einen Freispruch zu erwirken.

Er stellte sich den Vorsitzenden Richter vor, seine Beisitzer, den Staatsanwalt, die Geschworenen, die im Gänsemarsch zurückkamen, ihr Obmann las vor:

»...auf die erste Frage: Nein... Auf die zweite Frage: Nein...«

Unruhe im Saal, vielleicht Proteste, Pfeifen, Journalisten, die sich durch die Menge zu den Telefonzellen schlängelten.

Was wäre dann? Wie würde sie, in dunklem Kleid oder Kostüm, zwischen zwei Wärtern, reagieren?

Rabut wandte sich zur Seite, um ihr die Hand zu drücken. Blickte sie sich im Saal nach Alain um? Blieb er stehen, um sie zu betrachten?

Lächelte sie einem anderen zu?

»Sagen Sie ihm, er wird mich nicht wiedersehen, außer...«

Wohin würde sie gehen? Hierher, wo der größte Teil ihrer Sachen noch an seinem Platz war, würde sie nicht zurückkehren. Würde sie sie holen lassen? Würde sie ihm, wie heute morgen, eine Liste schicken?

»Woran denken Sie?«

»An nichts, Schnuckelchen.«

Er tätschelte ihr den Hintern.

»Du hast feste Pobacken.«

»Haben Sie lieber weiche?«

Er war nahe daran... Nein, jetzt nicht. Er mußte zur Rue de la Roquette.

»Bis später.«

»Kommen Sie heute nachmittag zurück?«

»Wohl kaum.«

»Dann bis morgen.«

»Stimmt, bis morgen.«

Sein Gesicht verfinsterte sich. Das hieß, daß er in die leere Wohnung zurückkehren würde, daß er allein bliebe, daß er sich ein letztes Glas einschenken und dabei die Lichter von Paris betrachten würde, um schließlich ins Schlafzimmer zu gehen und sich auszuziehen.

Er sah sie an, nickte, sagte noch einmal:

»Bis morgen, Schnuckelchen.«

Er hatte den Koffer einer gleichgültigen Matrone ausgehändigt und fuhr jetzt durch ein Viertel, das ihm nicht vertraut war. Vorhin war er am Friedhof Père-Lachaise vorbeigekommen, wo noch einige vergilbte Blätter an den Bäumen hingen, und er hatte sich gefragt, ob Adrienne vielleicht dort am nächsten Morgen beerdigt werden würde.

Die Blanchets hatten bestimmt irgendwo eine Familiengruft, wahrscheinlich ein monumentales Grabmal aus buntem Marmor. Alain hatte sie nicht Adrienne genannt, sondern Bébé. Hatte sie nicht auch zu seinem Zirkel gehört?

In einigen Minuten würde Chaton den Koffer öffnen, mit ernstem Gesicht und gerunzelter Stirn die Kleider, ihre Wäsche einräumen.

Sie richtete sich ein. Sie hatte jetzt ihr eigenes Leben. Er konnte sich ihre Zelle nicht so recht ausmalen. Er hatte in der Tat keinerlei Vorstellung, wie das Leben in der Petite-Roquette ablief.

War sie gerade mit ihrem Vater zusammen? Redeten sie, wie in gewissen Filmen, durch ein Gitter miteinander?

Er gelangte zur Place de la Bastille und hielt auf den Pont Henri-IV zu, um an der Seine entlangzufahren.

Freitag. Letzten Freitag noch hatten sie, wie an fast allen Freitagen, in dem Jaguar gesessen, seine Frau und er, und waren über die Autobahn in Richtung Westen gefahren. Die beiden Minis waren für Paris bestimmt. Für größere Strecken holten sie das Jaguar-Coupé aus der Garage.

Dachte sie auch daran? Ließ sie sich von der trostlosen Welt um sie herum, die nach Desinfektionsmitteln roch, nicht entmutigen?

Wozu sich Gedanken machen? Sie hatte beschlossen, ihn nicht wiederzusehen. Er hatte nicht mit der Wimper gezuckt, als ihm Rabut ihren Entschluß mitgeteilt hatte. Trotzdem war es ihm kalt den Rücken hinuntergelaufen. Dieser Satz beinhaltete dermaßen viel!

Im Grunde mußte sie sich befreit fühlen, wie eine Witwe. Sie fand ihre Persönlichkeit wieder. Sie klammerte sich nicht mehr an eine Person, die sie mal hier, mal dort auf einen Anruf hin treffen mußte.

Sie würde sprechen können. Nicht er wäre es, der spräche, dem man zuhörte, sondern sie. Für den Anwalt, für den Richter, für die Wärterinnen, die Leiterin des Gefängnisses war sie bereits eine eigenständige Person, sie stand für sich selbst.

Wenn man die Autobahn verließ, brauchte man bloß einen kleinen Wald zu durchfahren, um Les Nonnettes inmitten einer Wiese zu erblicken. Letztes Jahr Weihnachten hatten sie Patrick eine Ziege gekauft.

Patrick verbrachte mit dem Gärtner, dem braven Ferdinand, mehr Zeit als mit Mademoiselle Jacques, dem Kindermädchen. Jacques war ihr Familienname. Patrick nannte sie Mamie, was Chaton zu Beginn nicht gepaßt hatte. Sie war »Mama«. Aber Mamie hatte in den Augen des Kindes mehr Bedeutung.

»Sag mal, Papa, warum leben wir hier nicht alle zusammen?«

Ja, warum nicht? Es war falsch nachzudenken. Es führte zu nichts, und es war gefährlich. Morgen würde er nach Les Nonnettes fahren.

»Und Mama? Wo ist sie?«

Was sollte er darauf antworten? Dennoch, er mußte hinfahren. Ganz abgesehen davon, daß samstags das Büro in der Rue de Marignan geschlossen war.

Er konnte den Wagen nicht in den Hof fahren, weil ein Tankwagen Heizöl anlieferte. Er parkte, so gut es ging, warf einen Blick auf die Schlange vor den Schaltern. Zusätzlich zu den Preisausschreiben hatten sie einen Club gegründet. Es wurden Abzeichen verteilt.

Dummes Zeug, sicher. Nichtsdestoweniger hatte er sich vom obersten, mit einigen gebrauchten Möbeln eingerichteten Stock aus auf das ganze Haus ausgebreitet, und in einem Jahr würde es gänzlich renoviert. Die Auflage stieg von Monat zu Monat.

»Tag, Alain.«

Die alten Kumpane, die Gruppe, die sich von Beginn an um ihn geschart hatte, die bereits zur Clique gehört hatten, als er noch Journalist war, nannten ihn Alain. Die anderen sagten Chef.

»Tag, Schnuckelchen.«

Er liebte es, die einzelnen Stockwerke zu Fuß zu ersteigen, durch die verschiedenen Abteilungen zu wandern, den engen Fluren zu folgen, Treppen hinauf- und hinunterzulaufen, seine Mitarbeiter bei der Arbeit zu überraschen.

Er machte kein saures Gesicht, wenn fünf oder sechs von ihnen in einem Zimmer zusammensaßen, um Geschichten zu erzählen und laut zu lachen. Er setzte sich zu ihnen und lachte mit. Heute nicht.

Er stieg immer noch Treppen hinauf, versuchte sich von dem Wust von Gedanken zu befreien, die auf ihn einstürmten, kleine hinterhältige Gedanken, gewissen Träumen ähnlich. Einige waren so unklar, daß er sie nicht fassen konnte, aber in ihrer Gesamtheit waren sie quälend.

Es war ein wenig so, als würde alles in Frage gestellt. Oder als nähme man an seiner eigenen Autopsie teil.

In seinem Büro traf er auf Malewski.

»Nein, Mademoiselle«, antwortete er am Telefon. »Wir wissen überhaupt nichts. Ich kann Ihnen nichts sagen.«

»Immer noch wegen...«

»Natürlich. Jetzt ist die Provinz am Drücker. Gerade die rief aus La-Roche-sur-Yon an. Ich habe eine Nachricht für dich. Kommissar Roumagne hat angerufen. Er bittet dich, in seinem Büro vorbeizukommen, sobald du kannst.«

»Ich fahre.«

Im Grunde war er darüber nicht böse. Er wußte nicht, was er mit sich anfangen sollte. Er war überzeugt, daß er alle Welt störte.

Zunächst kehrte er im Lokal gegenüber auf einen Doppelten ein. Er hatte, wie er schon zu Mina gesagt hatte, nicht die Absicht, es zu übertreiben. Er trank nicht mehr als sonst auch.

Er hatte immer viel getrunken, vielleicht aus dem Drang, einen Ton über der Wirklichkeit zu schweben. Auch seine Freunde tranken. Außer denen, die nach ihrer Hochzeit die Clique verlassen hatten und sich nur noch von Zeit zu Zeit blicken ließen. Bei ihnen hatte die Frau gewonnen. Gewann die Frau, ohne sich etwas anmerken zu lassen, nicht immer?

Hatte nicht auch Chaton letztlich gewonnen?

Mina war um sieben Uhr morgens zur Tür hereingekommen. Um elf, halb zwölf hatte sie durchgesetzt, ganztags bleiben zu dürfen. Weiß der Himmel, ob sie nicht am Abend noch da war und auf ihn wartete. Es würde wahrscheinlich nicht lange dauern, bis sie in der Rue Fortuny übernachtete.

»Einen Doppelten?«

Wozu fragte er ihn? Er schämte sich nicht, zu trinken, vielleicht sogar zu sein, was man einen Alkoholiker nannte. Zur Zeit war das kein Laster mehr, sondern eine Krankheit. Er konnte nichts dafür, wenn er krank war.

»Nicht viel zu tun?«

Die Leute haben eine Gabe, die dümmsten Fragen zu stellen. Dabei meinte es dieser Kellner, der ihn seit Jahren kannte, nur gut.

»Ich hab überhaupt nichts zu tun!«

»Entschuldigen Sie bitte. Ich dachte nur... Noch einen?«

»Nein.«

Er brauchte nicht zu zahlen. Er beglich seine Zeche am Ende des Monats, wie die meisten seiner Mitarbeiter, die hin und wieder auf ein Glas hinuntergingen. Anfangs hatten sie sich Flaschen ins Büro bringen lassen. Sie hatten schnell festgestellt, daß das nicht das gleiche war, daß man automatisch dazu überging, aus der Flasche zu trinken.

Was wollte der stellvertretende Kommissar von ihm? Warum ließ ihn nicht der Untersuchungsrichter rufen?

Er könnte sich morgen hinter einer Straßenecke verstecken, um den Leichenzug zu beobachten... Sie hatte eine merkwürdige Art gehabt, ihn anzusehen... Er hatte in ihren Augen stets ein kleines spöttisches Flackern wahrgenommen, das sie ihm nie hatte erklären wollen...

»Worüber amüsierst du dich, Bébé?«

»Über dich.«

»Warum? Findest du mich komisch?«

»Nein.«

»Habe ich ein Gesicht, das zum Lachen reizt?«

»Bestimmt nicht. Du bist ein ziemlich hübscher Junge.«

Ziemlich...

»Ist es die Art, wie ich rede?«

»Einfach alles. Du bist ein Schatz.«

Es gefiel ihm nicht, ein Schatz zu sein, auch wenn er die anderen Schnuckelchen, Baby oder Dummerchen nannte.

War sie am Ende die einzige, die ihn nicht ernst nahm? Denn die anderen nahmen ihn ernst, die Druckereibesitzer, die Vertriebsgesellschaften, die Banken. Niemand hielt ihn für einen kleinen Jungen oder einen Clown.

»Haben Sie einen Termin?«

Ein Beamter hielt ihn vor dem Portal der Kriminalpolizei an.

»Kommissar Roumagne erwartet mich.«

»Die Treppe hoch, dann links.«

»Ich weiß.«

Er begegnete niemandem. Der Bürodiener oben ließ

ihn einen Meldezettel ausfüllen. In die Zeile: ›Anlaß des Besuchs‹ trug er ein Fragezeichen ein.

Man ließ ihn nicht warten, und der Inspektor, der sich bei Roumagne aufhielt, zog sich, als man ihn ins Zimmer führte, sogleich zurück.

Diesmal reichte ihm der Kommissar freundlich die Hand, bot ihm einen Sessel an.

»Ich habe Sie so früh nicht erwartet. Ich war nicht sicher, ob Sie überhaupt in Ihrem Büro vorbeikommen würden. Ich weiß, daß Sie freitags gewöhnlich aufs Land fahren.«

»Das ist schon ewig her«, erwiderte er ironisch.

»Verbittert?«

»Nein. Nicht einmal.«

Ein Männerkopf, nicht weit über der Erde. Sein Großvater oder Urgroßvater mußte noch Bauer gewesen sein. Er hatte feste Muskeln, einen starken Knochenbau. Er starrte vor sich hin.

»Ich vermute, Sie haben mir nichts Neues mitzuteilen, Monsieur Poitaud?«

»Ich weiß nicht, was Sie interessiert. Daß ich mich letzte Nacht betrunken habe? Daß ich heute morgen nicht nur mit einem fürchterlichen Kater, sondern auch mit einem Mädchen in meinem Bett aufgewacht bin?«

»Das weiß ich bereits.«

»Lassen Sie mich beschatten?«

»Weshalb sollte ich? Schließlich haben nicht Sie auf Ihre Schwägerin geschossen, nicht wahr?«

Seine Züge verhärteten sich.

»Seien Sie mir nicht böse, daß ich heute morgen in

Ihr Büro eingedrungen bin und mir erlaubt habe, Ihre Schubladen zu durchsuchen.«

»Nicht der Rede wert.«

»Ich habe Ihren Angestellten einige Fragen gestellt.«

»Jetzt ist es an mir, Ihnen zu sagen, daß ich das bereits weiß.«

»Ich habe bestätigt bekommen, was Sie mir über Ihr Verhältnis mit Ihrer Schwägerin erklärt haben.«

»Nämlich...?«

»Daß dieses Verhältnis letztes Jahr Weihnachten geendet hat. Die Aussage des Besitzers des Appartements in der Rue de Longchamp ist eindeutig.«

»Ich hatte keinen Grund zu lügen.«

»Sie hätten einen haben können.«

Der Kommissar verstummte, zündete sich eine Zigarette an, schob das Päckchen seinem Besucher zu, der sich mechanisch bediente. Alain begriff, daß dieses Schweigen gewollt war. Er tat so, als fände er es nur natürlich, und rauchte mit leerem Blick.

»Mir wäre lieb, wenn Sie die Frage, die ich Ihnen jetzt stellen werde, aufrichtig beantworteten. Sie werden die Bedeutung dieser Frage verstehen. Wie werden Sie reagieren, wenn Sie erfahren, wer der Liebhaber Ihrer Frau war?«

»Sie meinen, meiner Frau und meiner Schwägerin?«

»Genau.«

Seine Fäuste ballten sich für einen Moment. Seine Gesichtszüge wurden härter. Diesmal war die Reihe an ihm, ein beredtes Schweigen einzulegen.

»Ich weiß es nicht«, sagte er endlich. »Das kommt darauf an.«

»Wer der Mann ist?«
»Vielleicht.«
»Und wenn es beispielsweise einer Ihrer Mitarbeiter wäre?«

Blitzschnell ging er das ganze Gebäude in der Rue de Marignan durch, von oben bis unten, rief sich die Gesichter der jungen und weniger jungen, sogar der alten Männer ins Gedächtnis, um sie einem nach dem anderen zu streichen. François Lusin, der Werbechef, ein Schönling, der sich für unwiderstehlich hielt? Nein! Jedenfalls nicht mit Chaton.

Maleski ebenfalls nicht, auch nicht der kleine Gagnon, ein rundlicher Hüpfer, sein Redaktionssekretär.

»Bemühen Sie sich nicht. Ich liefere Ihnen gleich die Antwort.«

»Sie wissen es?«

»Mir stehen andere Mittel zur Verfügung als Ihnen, Monsieur Poitaud. Ich befinde mich dadurch in einer heiklen Lage, und aus diesem Grund habe ich Sie gebeten, vorbeizukommen. Wohlgemerkt, ich habe Sie nicht vorgeladen. Dieses Gespräch ist inoffiziell. Wie fühlen Sie sich?«

»Schlecht«, antwortete er barsch.

»Ich spreche nicht von Ihrem Kater, sondern von Ihren Nerven.«

»Wenn es das ist, was Sie interessiert: Ich bin ruhig wie ein Fisch, den man gerade ausgenommen hat.«

»Ich möchte, daß Sie mir ernsthaft zuhören. Ich kenne Rabut gut genug, um zu wissen, daß er auf ein aus Eifersucht begangenes Verbrechen plädieren wird. Dazu braucht er einen Protagonisten.«

»Ich verstehe.«

»Sie können dafür nicht mehr herhalten, denn Sie haben Ihr Verhältnis mit ihrer Schwester vor knapp einem Jahr abgebrochen. Und es wird weit mehr als ein Jahr vergehen, bis es zur Verhandlung kommt.«

Er nickte. Er war in der Tat sehr ruhig, von einer geradezu quälenden Ruhe.

»Ihre Frau hat sich geweigert auszusagen. Dennoch hat sie Anspruch auf Gerechtigkeit, und wenn es sich um ein Eifersuchtsdrama handelt...«

»Bloß kein Blabla. Fassen Sie sich kurz, ich bitte Sie.«

»Verzeihen Sie, Monsieur Poitaud, aber ich muß mich vergewissern, daß ich kein zweites Drama auslöse.«

»Befürchten Sie, daß ich ihn umbringe?«

»Sie reagieren recht heftig.«

Er lachte hämisch.

»Und weshalb sollte ich ihn umbringen? Wegen meiner Frau? Ich gewöhne mich an den Gedanken, sie verloren zu haben. Ich habe viel darüber nachgedacht. Ich wußte, sie war da, und das genügte mir. Jetzt, da sie nicht mehr da ist...« Er machte eine unklare Bewegung mit der Hand. »Was Bébé betrifft, ich meine Adrienne...«

»Ich habe verstanden. Was bleibt, ist Ihr Stolz. Sie sind von sich eingenommen, und ich gebe zu, daß Sie Grund haben, mit sich zufrieden zu sein.«

»Ich kann Ihnen nicht folgen.«

»Sind Sie nicht mit sich zufrieden?«

»Nein.«

»Es macht Ihnen also wenig aus, wer Ihren Platz bei den beiden Schwestern eingenommen hat?«

»Vermutlich.«

»Sie besitzen keine Waffe mehr?«

»Ich hatte nur diesen Browning.«

»Versprechen Sie mir, sich keine andere zu besorgen?«

»Ich verspreche es.«

»Ich vertraue Ihnen. Machen Sie sich auf eine Überraschung gefaßt. Meine Männer haben die Concierges einiger Ihrer Mitarbeiter befragt, und zwar derjenigen, die am plausibelsten erschienen. Gewöhnlich ist die letzte Adresse die richtige. Diesmal wollte es der Zufall, daß es gleich die erste war, ganz in der Nähe, in der Rue Montmartre.«

Alain überlegte, wer von seinen Mitarbeitern in der Rue Montmartre wohnte.

»Julien Bour.«

Der Fotograf mit dem schiefen Kopf und dem kränklichen Gesicht! Der, den er letzte Nacht in dem Lokal an der Rue Notre-Dame-de-Lorette getroffen hatte!

»Überrascht Sie das?«

Er bemühte sich zu lächeln.

»Die Wahl erscheint mir merkwürdig.«

Bour war der letzte, an den er gedacht hätte. Er wirkte ungepflegt, und er hätte schwören können, daß er sich nie die Zähne putzte. Er sah den Leuten nicht ins Gesicht, als flößten sie ihm Angst ein.

Tatsächlich wußte Alain nichts von Bours Vergangenheit. Er hatte für keine der bedeutenden Wochenzeitschriften oder Tageszeitungen gearbeitet, ehe er bei *Toi* angefangen hatte.

Wer hatte ihn ihm vorgestellt? Er durchforschte sein Gedächtnis. Das war mehrere Jahre her. Es handelte sich um jemanden, der mit dem Magazin verbunden war, und das war in einer Bar vor sich gegangen.

»Alex!« sagte er laut.

Er erläuterte dem Kommissar:

»Ich habe überlegt, wie ich ihn kennengelernt habe. Ein gewisser Alexandre Manoque hat mir von ihm erzählt. Manoque versteht sich als Filmemacher. Er redet ständig von Filmen, die er drehen wird, aber bislang hat er erst zwei Kurzfilme zustande gebracht. Dafür kennt er jede Menge hübsche Mädchen, und es kommt vor, daß wir bei ihm anrufen, wenn uns ein Modell fehlt.«

Er konnte es nicht fassen. Dieser schäbige Bour! Bour, den keine der Tippsen gewollt hätte. Es hieß, er habe Körpergeruch. Alain selbst hatte das jedoch nie bemerkt.

Er ging selten mit der Clique aus, und wenn, dann diente er nur als Komparse. Alle Welt wäre verblüfft gewesen, wenn er sich in das Gespräch eingemischt hätte.

Er brachte seine Fotos, stieg sogleich unter das Dach, um sie gewissenhaft, wie er war, mit Léon Agnard zu umbrechen.

»Alle beide!« nuschelte er verdutzt.

»Ihre Frau hat es sich als erste zur Gewohnheit gemacht, die Rue Montmartre aufzusuchen.«

»Spielte sich das bei ihm ab?«

»Ja. Ein großes, baufälliges Haus, in dem vor allem Büros und Ateliers untergebracht sind. Zum Beispiel ein Atelier für fotomechanische Verfahren.«

»Ich weiß.«

Ein Klatschmagazin, bei dem er zu Beginn seiner Karriere mitgewirkt hatte, hatte dort seine Büros. Auf fast allen Türen waren Emailleschildchen zu sehen. Gummistempel, Fotokopien. Hubert Moinet, diplomierter Übersetzer, Agentur E. P. C.

Er hatte nie erfahren, was die Agentur E. P. C. war, denn das Klatschmagazin hatte nur drei Nummern erlebt.

»Er hat ganz oben, zum Hof hin, ein großes und zwei kleine Zimmer. Das große Zimmer dient ihm als Studio, dort macht er den größten Teil seiner Fotos. Er lebt allein. Mein Inspektor hat der Concierge die Fotografien Ihrer Frau gezeigt, und sie hat sie sofort wiedererkannt.

›Diese elegante und nette junge Frau!‹ hat sie ausgerufen.

›Wann hat das angefangen?‹

›Vor knapp zwei Jahren.‹«

Alain mußte aufstehen. Das war zuviel für ihn. Zwei Jahre lang war Chaton in Julien Bour verliebt gewesen, und er hatte nichts davon bemerkt! Sie hatte weiter mit ihm gelebt. Sie hatten sich geliebt. Sie hatten nackt im gleichen Bett geschlafen. Erst in letzter Zeit hatte sie sich weniger leidenschaftlich gezeigt.

»Fast zwei Jahre!«

Er rang sich dazu durch, zu lachen, ein hartes, bitteres Lachen.

»Und die Schwester? Wann hat er die Schwester verführt, der Miesling?«

»Das ist erst drei, vier Monate her.«

»Hatte jede ihren festen Tag?«

Der Kommissar beobachtete ihn gelassen.

»Am Ende kam Adrienne häufiger zu ihm.«

»Um ihre Schwester auszustechen, natürlich! Jetzt war sie endlich an der Reihe!«

Er wanderte auf und ab wie in seinem Büro oder in seiner Wohnung in der Rue Fortuny.

»Weiß mein Schwager Bescheid?«

»Jetzt ist nicht der passende Augenblick, mit ihm darüber zu sprechen. Findet nicht morgen das Begräbnis statt?«

»Ich verstehe.«

»Darüber hinaus ist es nicht meine Sache, es ihm zu sagen. Wenn Rabut es für angebracht hält, daß er es von ihm erfährt...«

»Haben Sie ihn informiert?«

»Ja.«

»Hat er Ihnen den Rat gegeben, mich kommen zu lassen?«

»Das hätte ich ohnehin getan. Die Reporter sind überall auf der Pirsch. Sie waren noch vor uns in der Rue Longchamp, und ein Wochenblatt von dem Kaliber, das Sie vorhin erwähnten, berichtet heute darüber.«

»Bour ist nicht einmal der Typ, dem man die Fresse poliert«, murmelte Alain.

»Ich habe andere Informationen über ihn. Der Name sagte mir etwas. Ich bin bei meinem Kollegen von der

Sitte vorbeigegangen. Er hat sich vor einigen Jahren mit Bour befaßt.«

»Ist er gerichtlich belangt worden?«

»Nein. Aus Mangel an Beweisen. Sie haben soeben einen anderen Namen erwähnt, Alex Manoque. Darf ich Sie darauf hinweisen, daß sich sein richtiger Name mit *ck* am Ende schreibt: Manock. Die Sittenpolizei hat ihn längere Zeit wegen Handel mit pornographischen Fotos im Auge behalten. Manock ist beschattet worden. Er hat sich mehrmals mit Julien Bour getroffen, immer in irgendwelchen Cafés oder Lokalen. Bour war bestimmt der Fotograf, aber bei einer Durchsuchung seiner Wohnung in der Rue Montmartre konnten die Negative nicht gefunden werden.

Ich weiß nicht, ob sie immer noch am Werk sind. Das ist nicht mein Gebiet, hat auch nichts mit unserem Fall zu tun. Mein Kollege ist davon überzeugt, daß es sich nicht nur um Fotos, sondern auch um Filme dreht.«

»Glauben Sie, er hat meine Frau fotografiert?«

»Ich glaube nicht, Monsieur Poitaud. Mein erster Gedanke war, ihn aufzusuchen und einen Blick auf seinen Bestand an Fotos zu werfen. Zur Zeit würde das jedoch nur Staub aufwirbeln. Wir bleiben selten unbemerkt, vor allem, wenn die gesamte Presse auf den Beinen ist.«

»Bour!« wiederholte Alain und starrte zu Boden.

»Wenn Sie seit zwanzig Jahren auf diesem Stuhl säßen, würden Sie sich nicht wundern. Manchmal braucht eine Frau einen Menschen, der schwächer ist als sie, oder jemand, den sie für schwächer hält, ein Mann, der ihr Mitleid erregt.«

»Ich kenne die Theorie«, sagte Alain ungeduldig. »Glauben Sie mir, sie stimmt auch in der Praxis.«

Er wußte das viel besser als der Kommissar, und deshalb schaute er auch so finster.

Jetzt wußte er genug. Er hatte nur noch den Wunsch zu gehen.

»Sie versprechen mir...«

»Bour nicht zu töten. Ich werde ihn nicht einmal ohrfeigen. Ich überlege, ob ich ihn überhaupt rauswerfe, immerhin ist er unser bester Fotograf. Sie sehen, Sie haben nichts zu befürchten. Ich danke Ihnen, daß Sie mich informiert haben. Rabut wird sie freipauken. Die beiden werden glücklich sein und viele Kinder bekommen.«

Er schritt zur Tür, blieb stehen, ging zurück, um dem Kommissar die Hand zu reichen.

»Entschuldigen Sie. Fast hätte ich es vergessen. Bis bald. Sie werden sicher Neues zu berichten haben.«

Als er an dem Bürodiener vorbeikam, erlaubte er es sich, ihm zuzumurmeln:

»Guten Abend, Schnuckelchen.«

7

Er verzichtete darauf, ins Büro zu fahren, er hatte keine Lust, »sie« zu sehen. Vielleicht wollte er sich beweisen, daß er sie nicht brauchte, daß er niemanden brauchte. Er fuhr mit seinem kleinen roten Auto immer weiter geradeaus und gelangte zum Bois de Boulogne, wo er ziellos, ohne einen bestimmten Gedanken zu fassen, im Kreis lief.

Er wartete, daß die Zeit verging, sonst nichts. Er betrachtete die Bäume, das welke Laub, zwei Reiter, die plaudernd nebeneinanderher trotteten.

Er hatte in sehr kurzer Zeit eine Menge unangenehmer Wahrheiten erfahren, die er nach und nach verdauen mußte.

Ihm war nicht nach Trinken zumute. Wenn er dennoch in eine unbekannte Kneipe in der Nähe der Porte Dauphine trat, dann nur, um seine Gewohnheiten nicht abzulegen. Er beobachtete die anderen, die um ihn herum tranken, und er fragte sich, ob sie die gleichen Probleme hatten.

Nicht ganz die gleichen. Was ihm zugestoßen war, war außergewöhnlich genug. Aber der Kern konnte von einem Menschen zum anderen nicht sehr verschieden sein.

Andere Blicke waren, wie seiner auch, ins Leere gerichtet. Was sahen sie? Was suchten sie?

»Ich glaube, ich kenne Sie«, murmelte neben ihm ein ziemlich dicker Kerl mit rot angelaufenem Gesicht, der zuviel getrunken hatte.

»Bestimmt nicht«, entgegnete er unwirsch.

Er hatte sich einen Plan für diesen Tag zurechtgelegt, und er war in der Lage, sich daran zu halten. Er aß in einem Restaurant an der Avenue des Ternes, das er nicht kannte, allein zu Mittag. Ein Restaurant für Stammgäste, mit Ständern aus hellem Holz für die Servietten.

Er hatte keinen Hunger, aß trotzdem, zunächst eine Suppe, dann eine Bratwurst mit Pommes frites. Der Wirt beobachtete ihn von weitem. Zum Glück ähnelte ihm das in den Zeitungen veröffentlichte Foto nicht sehr.

Die Leute runzelten die Stirn, stierten ihn einen Moment lang an, dann zuckten sie mit den Schultern und sagten sich, daß sie sich getäuscht hatten.

Er trat in ein Kino auf den Champs-Élysées und ließ sich von der Platzanweiserin führen. Der Titel des Filmes sagte ihm nichts. Er erkannte einige amerikanische Schauspieler, achtete aber nicht auf die Handlung.

Ohne von seinem Plan abzulassen, verbrachte er Stunde um Stunde. Später fuhr er nach Hause, und er nahm den Aufzug, bediente sich seines Schlüssels.

Alles war leer und finster. Mina hatte nicht den Mut gehabt zu bleiben. Sie hatte bestimmt daran gedacht, aber befürchtet, zu weit zu gehen.

Er machte Licht. Ein Tablett stand auf dem Tisch, daneben eine Flasche, ein Glas und Soda.

Er setzte sich in einen Sessel, schenkte sich zu trinken

ein und fühlte sich so fern von den Menschen wie nie zuvor in seinem Leben. Als er durchs Abitur gefallen war, hatte er ähnlich reagiert. Er erinnerte sich. Er hatte auf dem Balkon ihrer Wohnung an der Place Clichy gestanden und das beginnende Nachtleben beobachtet.

Wußten diese kleinen schwarzen Gestalten, die über die Straßen huschten, wirklich, wohin sie gingen? Fast wäre er auf sein Zimmer zurückgegangen, um zu versuchen, ein Gedicht zu schreiben.

Das Gefühl der Lächerlichkeit hatte obsiegt. Er hatte nach Auswegen gesucht, die sich ihm boten, und keinen zufriedenstellenden gefunden.

Wie oft hatte er als Kind oder Jugendlicher diese Frage gehört:

»Was willst du später einmal werden?«

Als hinge das von ihm ab! Schon in frühester Jugend hatte er bereits den Eindruck, daß seine Zukunft von einem Zufall, von einer Begegnung, von einem im Vorbeigehen aufgeschnappten Satz abhing. Er würde nicht zu den Geprügelten gehören, das war alles. Er würde sich nicht wie sein Vater in einen engen Flur zwängen, um ein Leben lang voranzuschreiten und am Ende nichts zu finden.

Er erinnerte sich sämtlicher Einzelheiten. Seine Eltern sprachen im Eßzimmer offenbar über ihn, denn sie unterhielten sich mit gedämpfter Stimme. Sie wollten ihn nicht noch mehr bedrücken, indem sie ihm seinen Mißerfolg vorhielten.

»Im Oktober kannst du einen neuen Anlauf nehmen.«

Zwei Fahrzeuge waren zusammengestoßen, und eine

Menschenmenge hatte sich versammelt. Die Ameisen gestikulierten. Das war erbärmlich und grotesk zugleich.

Es hatte nur einen einzigen Ausweg gegeben, ein Ausweg, der ihn nicht begeisterte, den er jedoch als Notlösung akzeptierte. Er würde sich zur Armee melden.

Um ihn herum herrschte tiefe Stille, und er zuckte zusammen, als eine Holzverkleidung in einer Ecke des Studios knackte.

Er durfte nicht wieder vor die Tür gehen. So wie er auch seinen Balkon erst verlassen hatte, als seine Entscheidung gefallen war.

»Willst du nicht wieder hereinkommen?« hatte ihn sein Vater gefragt.

»Nein.«

»Ist dir nicht kalt?«

»Nein.«

»Gute Nacht, mein Sohn.«

»Gute Nacht.«

Danach war seine Mutter gekommen, um ihm ihrerseits gute Nacht zu wünschen. Sie hatte nicht darauf bestanden, daß er hereinkam. Beide hatten ein wenig Angst, sie wußten, daß er sehr empfindlich war und jede Ungeschicklichkeit dazu führen konnte, daß er aufbegehrte.

Er hatte nicht aufbegehrt. Er war Soldat geworden wie andere auch. Das hatte dem geähnelt, was die Christen Exerzitien nennen. Eine Vorbereitung. Er hatte zu trinken gelernt, einmal in der Woche nur, aus Geldmangel.

Er blickte die Flasche spöttisch an. Sie schien ihn zu

verhöhnen, herauszufordern. Er brauchte bloß die Hand auszustrecken, eine Geste, die ihm so vertraut war, daß sie ihm auch unbewußt hätte unterlaufen können.

Er stand auf, um die Dächer zu betrachten, die Silhouette von Notre-Dame, die sich vor dem ziemlich klaren Himmel abhob, die Kuppel des Pantheons.

Alles Unfug!

Er ging in sein Schlafzimmer, schaute auf das leere Bett, fing an, sich zu entkleiden. Er war nicht müde. Er hatte zu nichts Lust. Es gab keinen einzigen Grund, hier zu sein und nicht anderswo. Ein Zufall. Auch Chaton war ein Zufall gewesen. Ebenso Adrienne, die er Bébé getauft hatte. Warum hatte er die Angewohnheit, den Leuten Spitznamen zu geben?

»Scheiße!« sagte er laut.

Er wiederholte das Wort kurz darauf, als er sich vor dem Spiegel des Badezimmers die Zähne putzte.

Bour hatte sicher Angst, erwartete seinen Besuch. Wer weiß, vielleicht hatte er sich eine Waffe gekauft, um sich zu verteidigen. Oder hatte er Paris überstürzt verlassen?

Er lächelte spöttisch, zog seinen Pyjama an, machte das Licht aus, ohne die Flasche anzurühren.

»Gute Nacht, alter Freund...«

Er mußte sich wohl oder übel selbst gute Nacht wünschen, weil niemand da war, der es hätte tun können.

Er schlief nicht sogleich ein, reglos lag er in der Dunkelheit und vertrieb sich die Zeit damit, unangenehme Gedanken zu verscheuchen. Dennoch mußte er in recht kurzer Zeit eingeschlafen sein, denn plötzlich hörte er das Summen des Staubsaugers nebenan in dem Studio.

Die zusammengerollten Laken verrieten ihm, daß er sich hin und her gewälzt hatte. Er hatte keinerlei Erinnerung an seine Träume, dabei hatte er sehr viel geträumt.

Er stand auf, ging ins Bad, putzte sich die Zähne und kämmte sich. Danach betrat er das Studio, wo Mina gerade den Staubsauger abstellte.

»Schon? Habe ich Sie geweckt?«

»Nein.«

»Ich mache Ihnen sofort Ihren Kaffee.«

Er blickte ihr nach. Seine Finger zitterten nicht wie am Tag zuvor. Er hatte keine Kopfschmerzen. Bloß ein nicht allzu unangenehmes Gefühl der Leere.

Ihm war, als gingen ihn die Dinge nichts mehr an, als hätte er sich jeder Verantwortung entledigt.

Welcher Verantwortung überhaupt? Wie konnte ein Mensch für einen anderen Menschen, für eine Frau oder auch nur ein Kind verantwortlich sein?

Unfug!

Ein Wort, das nicht zu seinem sonstigen Wortschatz gehörte. Ein neues Wort. Er fand es nicht übel. Er sprach es zwei-, dreimal vor sich hin und betrachtete dabei die fahle Sonne.

Mina brachte ihm seinen Kaffee und die Croissants.

»Sind Sie spät zurückgekommen?«

»Nein, mein Schnuckelchen.«

Und mit einem Blick in Richtung Schlafzimmer:

»Niemand da?«

»Nur wir zwei.«

Er musterte ungerührt ihre Figur. Es war wohl unmöglich, zu erraten, was in ihr vorging. Er war, so schien es ihm, jenseits aller erlaubten, aller üblichen Gedanken.

»Wünschen Sie die Zeitung?«

»Nein.«

Sie stand vor ihm, neigte den Oberkörper zurück, um ihre Brust hervorzustrecken. Sie trug nur ihren Nylonkittel über ihrem Schlüpfer und ihrem Büstenhalter.

Er dachte nach, wog Für und Wider ab. Sie hatte zunächst ein aufmunterndes Lächeln aufgesetzt, dann hatte eine gewisse Enttäuschung ihr junges und rosiges Gesicht verschleiert.

Er verzichtete auf sein Croissant, trank seinen Kaffee aus, zündete sich eine Zigarette an, hielt ihr das Päckchen hin, dann ein Streichholz.

Sie lächelte erneut. Er erhob sich, betrachtete sie von oben bis unten, von unten bis oben. Als er ihr in die Augen sah, enthielt sein Blick eine Frage, die sie sogleich verstand, so wie ein Barkeeper versteht, daß er die Gläser nachfüllen soll.

Sie lachte. Eine Antwort wäre überflüssig gewesen.

»Soll ich mich lieber ausziehen?«

»Wie du möchtest.«

Sie legte ihre Zigarette in den Aschenbecher, zog ihren Kittel über den Kopf, hob erst den einen, dann den anderen Fuß, um ihren Schlüpfer abzustreifen. Ihr Schamberg war blond, prall, und ihr Bauch hatte noch eine jugendlich runde Form.

»Warum schauen Sie mich so an?«

»Wie schaue ich dich denn an?«

»Man sollte meinen, Sie seien traurig.«

»Nein.«

Sie hatte ihren Büstenhalter abgelegt. Sie war nackt. Er schüchterte sie ein, und sie wußte nicht recht, was sie tun sollte.

»Komm«, murmelte er, nachdem er seine Zigarette ausgedrückt hatte.

Er hatte sanft, freundlich gesprochen.

»Leg dich hin...«

Man hätte meinen können, er bringe sie ins Bett, damit sie einschlief. Er schaute sie nicht an, als begehrte er sie, sondern als wollte er den Anblick ihres Körpers seinem Gedächtnis einprägen.

»Und Sie... kommst du nicht?«

Er zog seinen Pyjama aus, legte sich neben sie, strich mit der Hand über ihre Haut.

Sie war überrascht. Sie hatte nicht gedacht, daß sich die Sache so abspielen würde. Er erwies sich ganz anders als der Mann, den sie tags zuvor gesehen hatte.

»Ist das schon lange her, als du zum erstenmal mit einem Mann geschlafen hast?«

»Ich war vierzehn.«

»War er jung?«

»Er war mein Onkel.« Sie lachte. »Komisch, nicht?«

Er lachte nicht.

»Und wann das letzte Mal?«

»Vor drei Wochen.«

Er zog sie an sich, um sie zu küssen, ein langer und zärtlicher Kuß, der nicht unbedingt ihr galt. Er galt auch nicht Chaton, auch nicht Adrienne, keiner bestimmten Frau.

»Bist du traurig?« fragte sie erneut.
»Nein, das habe ich dir doch schon gesagt.«
»Du siehst traurig aus. Man könnte glauben...«
»Was könnte man glauben?«
Er lächelte ihr zu.
»Ich weiß nicht. Nichts. Küß mich noch einmal. So bin ich nicht sehr oft geküßt worden.«
Ihre Haut war sehr hell. Noch nie hatte er eine Frau mit einer solch hellen Haut gesehen. Und sie war weich. Er küßte sie. Seine Hand streichelte sie, sein Geist hingegen war fern.
Er nahm sie ein erstes Mal, langsam, mit zärtlichen Bewegungen. Auch er erkannte sich nicht wieder. Er liebkoste sie von Kopf bis Fuß, mit den Händen, mit den Lippen, und sie mochte es kaum glauben.
Sie blieben lange zusammen, und als er sie ansah, fand er die gleiche Frage in ihren Augen, eine Frage, auf die zu antworten ihm unmöglich war.
Als er aufstand, wandte er den Kopf ab.
»Weinst du?«
»Nein.«
»Du weinst sicher nicht oft, oder? Entschuldige, daß ich du zu dir sage. Gleich, sobald ich meinen Kittel wieder anhabe, sage ich wieder Sie. Stört dich das?«
»Nein.«
»Darf ich ins Badezimmer?«
»Natürlich.«
Sie wollte gerade die Tür zum Bad zuziehen, als er eintrat. Wenn auch ein wenig überrascht, ließ sie sich

doch von ihm betrachten. Das war eine andere Art von Intimität, andere Gesten, die allen Frauen gemeinsam waren.

»Weißt du, es ist das erste Mal, daß...«

Sie zögerte, immer noch verschüchtert. Er erschien ihr sehr nah und sehr fern zugleich.

»Daß was?«

»Auf diese Weise... So... so gefühlvoll...«

Er drehte die Dusche auf und blieb reglos unter dem Wasser stehen, das über seine Haut lief.

»Darf ich auch duschen?«

»Wenn du möchtest.«

Er schenkte sich im Morgenrock ein Glas Scotch ein, das er Schlückchen für Schlückchen trank, den Blick auf das Panorama gerichtet. Er hörte Mina unter der Dusche. Für ihn war es vorbei. Er dachte nicht mehr daran. Sie gehörte der Vergangenheit an. Das zu verstehen, war sie nicht imstande.

Wer würde es verstehen? Nicht einmal er selbst! Nicht gänzlich.

»Seltsam«, sagte sie, als sie das Studio betrat, um sich anzuziehen. »Nach der Liebe sind die Männer immer ein wenig traurig. Ich bin danach richtig fröhlich, ganz locker. Ich habe Lust, zu singen, Purzelbäume zu schlagen.«

»Was meinst du damit, Purzelbäume schlagen?«

»Wie früher, als ich klein war.«

Sie setzte den Kopf auf den Boden, warf die Beine in die Luft, überschlug sich mehrmals nacheinander.

»Hast du das nie gemacht?«

»Doch.«

Es änderte nichts, seine Kindheit heraufzubeschwören. Im Gegenteil.

»Hakst du mal bitte zu?« fragte sie und hielt ihm die beiden Klappen ihres Büstenhalters hin.

Die gleiche Frage wie Chaton, wie alle anderen. Was machten sie eigentlich, wenn sie allein waren?

»Danke.«

Er schenkte sich noch ein wenig Whisky ein und trank ihn in einem Zug, dann zündete er sich eine Zigarette an und trat in den Flur zu den Wandschränken. Er wählte eine graue Flanellhose, einen Tweedsakko, bequeme Schuhe mit Gummisohle. Statt eines Hemds zog er einen Rollkragenpullover an.

»Steht dir gut, so sportlich.«

Er reagierte nicht. Er reagierte auf nichts mehr.

»Ziehst du keinen Mantel an? Es ist kalt, auch wenn die Sonne scheint.«

Er nahm eine Lederjacke vom Bügel, blickte sich um. Sie erfaßte er als letzte, als er schon fast zur Tür hinaus war. Sie stellte sich auf die Zehenspitzen, um seine Lippen zu erreichen.

»Möchtest du nicht?«

Er zögerte.

»Doch.«

Er küßte sie, wie er eine Schwester geküßt hätte.

»Kommen Sie vor heute abend zurück?«

»Vielleicht.«

Er ging Stufe für Stufe hinunter und blieb zweimal stehen. Er hörte Kinderstimmen aus der Wohnung im zweiten Stock. Danach hätte er beinahe die Glastür zur Pförtnerinnenloge aufgestoßen, aber er hatte der Concierge nichts zu sagen, und die Post interessierte ihn nicht.

Er stieg in seinen Wagen, fuhr zu seiner Werkstatt in die Rue Cardinet.

»Guten Morgen, Monsieur Alain. Nehmen Sie den Jaguar?«

»Hast du vollgetankt, Kleiner?«

»Es ist alles in Ordnung, Öl, Batterien. Soll ich das Verdeck zurückklappen?«

»Ja.«

Er setzte sich ans Steuer und fuhr Richtung Saint-Cloud, durch den Tunnel, auf die Autobahn nach Westen. Niemand saß neben ihm auf dem Beifahrersitz, niemand, der ihm hätte raten können, nicht zu schnell zu fahren.

Es war eine merkwürdige Vorstellung, daß sich Chaton zur gleichen Zeit in der Petite Roquette häuslich einrichtete.

Er fuhr so langsam, daß ihn viele Wagen überholten und die Leute sich umdrehten. Ein Jaguar, der über die Straßen schleicht, ist ein ungewohnter Anblick.

Er hatte keine Eile. Seine Uhr zeigte Viertel nach elf. Er betrachtete die Bäume, als hätte er so etwas in seinem Leben noch nicht gesehen. Einige waren rötlich, andere goldgelb, wieder andere tiefgrün. Von Zeit zu Zeit erblickte man einen Feldweg mit tiefen Spurrillen. Er war schon lange nicht mehr über einen solchen Weg gefahren.

Wiesen, ein Bauernhof, ringsum schwarz-weiße Kühe. Im Hintergrund ein Dunststreifen, der auf das gewundene Flußbett der Seine hindeutete.

Die Luft war frisch, aber er fror nicht. Lastwagen überholten ihn. Auch er hatte bereits Lastwagen gesteuert, damals in Afrika. Alles in allem hatte er schon einiges in seinem Leben getan.

Fast hätte er vergessen, rechts abzubiegen, um sich unter der Autobahn hindurch nach Les Nonnettes zu schlängeln. Gewöhnlich erinnerte ihn Chaton daran. Es waren kaum noch Fahrzeuge zu sehen.

Als das Schieferdach und das viereckige Türmchen auftauchten, fiel ihm auf, daß er seit Paris nicht mehr geraucht hatte, über einer kleinen Mauer erblickte er den alten verbeulten Hut Ferdinands. Patrick mußte in seiner Nähe sein, im Gemüsegarten.

Er fuhr durch das Tor, dessen Gitter den ganzen Tag über offenblieb, und parkte den Wagen im Hof vor einer schlichten Steintreppe. Mademoiselle Jacques öffnete ihm in einer blauen Uniform, die sie offenbar selbst entworfen hatte, die Tür.

Sie war groß, ein gelassenes Gesicht mit gleichmäßigen Zügen. Es war schwer zu sagen, ob sie hübsch war. Vielleicht hatte sie eine sehr gute Figur, die nur nicht zur Geltung kam.

»Ich wußte nicht, ob Sie kommen würden. Patrick ist im Garten.«

»Ich dachte es mir schon, als ich Ferdinands Kopf über der Mauer sah. Weiß er etwas?«

»Nein. Ich habe jeden, der kam, gewarnt. Das waren ohnehin nur der Briefträger und die Lieferanten.«

Er schaute auf das weiße Haus mit den kleinen Fenstern, auf das er soviel Sorgfalt verwandt hatte. Es war eine Art Traum, den er verwirklicht hatte: ein Haus, in dem man hätte geboren sein wollen, in dem man bei der Großmutter die Ferien verbracht hätte.

Die riesige Küche war rot gefliest, der Fußboden stets gut gebohnert, die weißen, wie gekalkten Wände in dem rustikalen Salon und die Vorhänge in den Zimmern waren geblümt.

»Sie sehen müde aus.«

»Gestern war ich noch müder.«

»Das muß sehr hart für Sie gewesen sein.«

»Ja, das war es.«

»Waren Sie allein?«

Er nickte.

»Und Ihr Schwager?«

»Er hat die Sache besser verkraftet, als ich gedacht hätte.«

Er ging auf den Gemüsegarten mit den hinter Spalierbäumen verborgenen Mauern zu. Riesige, bereits gelbliche Birnen waren zu sehen, Äpfel, die Ferdinand liebevoll pflegte, indem er sie, sobald sie dicker wurden, mit Papier umhüllte, um sie vor Insekten zu schützen.

Die Wege waren sauber, die Gemüsebeete schnurgerade, ohne ein Blättchen Unkraut.

Der Gärtner und Patrick waren damit beschäftigt, grüne Bohnen zu pflücken, als das Kind Alain erblickte. Es stürzte auf ihn zu, warf sich in seine Arme.

»Du kommst aber früh. Wo ist denn Mama?«

Er schaute sich nach ihr um.

»Sie ist in Paris aufgehalten worden.«

»Kommt sie morgen?«

»Ich glaube nicht. Sie hat viel Arbeit.«

Patrick zeigte sich nicht allzu enttäuscht. Ferdinand

hatte seinen schmierigen Hut abgenommen, und sein kahler, weißer Schädel glänzte in der Sonne. Bei dem wettergegerbten, stets von der Sonne gebräunten Gesicht wirkte dieser elfenbeinfarbene Schädel fast anstößig.

»Willkommen, Monsieur Alain.«

»Mama kommt nicht, Ferdinand. Sie hat zuviel Arbeit. Du vergißt doch nicht, daß du versprochen hast, mir einen Flitzebogen zu schnitzen?«

Der Gemüsegarten hätte als Modell für ein Bilderbuch dienen können.

Auch das Haus war wie aus einem Bilderbuch.

»Kommst du, Patrick? Es ist bald Zeit zum Mittagessen.«

»Die Glocke hat noch nicht geläutet.«

Neben der Küche hing nämlich sogar eine Glocke, und Loulou, Ferdinands Frau, versäumte es nicht, Sturm zu läuten, um die Mahlzeiten zu verkünden.

»Guten Tag, Loulou.«

Er nahm den Duft des Hasen, der kleinen Zwiebeln, der Kräuter wahr.

»Guten Tag, Monsieur Alain.«

Sie konnte ihn nur eindringlich ansehen, denn sie traute sich nicht, ihn vor dem Kind auszufragen.

»Mama kommt nicht«, erklärte Patrick.

Wem ähnelte er? Er hatte die braunen, flinken, ebenso lebhaften wie verträumten Augen seiner Mutter. Der untere Teil seines Gesichts glich eher Alain.

Loulou hatte einen dicken Bauch unter ihrer karierten Schürze, dicke Beine, einen kleinen, grauen Haarknoten oben auf dem Kopf.

»Das Essen ist in wenigen Minuten fertig. Essen Sie

auch Heringsfilets? Patrick wollte unbedingt, daß ich welche auftrage.«

Er schien nicht zuzuhören. Er ging am Eßzimmer vorbei, betrat den Salon, wo in einem antiken Eckschrank Flaschen und Gläser standen.

Er schenkte sich Whisky ein, und sein Sohn schaute ihm interessiert zu, während er trank.

»Schmeckt das?«

»Nein.«

»Besser als Limonade?«

»Nein.«

»Und warum trinkst du das dann?«

»Weil das alle großen Leute trinken. Man kann nicht immer sagen, warum die großen Leute dieses oder jenes tun.«

Der Blick, den ihm Mademoiselle Jacques zuwarf, stellte ein Alarmsignal dar, und er sah ein, daß er seine Worte abwägen mußte.

»Haben wir morgen Besuch?«

»Nein, mein Kleiner.«

»Niemand?«

»Nein, niemand.«

»Können wir zusammen spielen?«

»Ich werde auch nicht dasein.«

»Wann fährst du?«

»Nachher.«

»Warum?«

Ja, warum? Wie sollte er einem Kind von fünf Jahren erklären, daß er die Atmosphäre von Les Nonnettes und alles, was diese Szenerie beinhaltete, nicht länger als zwei, drei Stunden ertragen konnte?

Die Gouvernante war ebenfalls erstaunt. Die Zimmerfrau, die gerade die Treppe herunterkam, fragte:

»Sind Koffer hochzutragen?«

»Nein, Olga.«

Die Glocke läutete. Eine Wespe flog vorüber. Er hatte ganz vergessen, daß es Wespen gab.

Sie saßen nur zu dritt im Eßzimmer an dem ovalen Tisch, auf dem eine blaue Porzellanvase mit einem Blumenstrauß stand.

»Willst du keinen Hering?«

»Doch, Entschuldigung.«

»Was hast du? Du siehst müde aus.«

»Ich bin müde. Ich hatte viel zu tun.«

Das stimmte. Eine schmutzige Arbeit. Eine Arbeit, die man normalerweise nur einmal im Leben tut. Er war zum Grunde seines Innersten vorgedrungen. Er hatte an der Oberfläche gekratzt, sie freigelegt, bis es blutete. Es war vorüber. Er blutete nicht mehr. Aber man konnte nicht von ihm verlangen, noch der gleiche Mensch zu sein.

Mina hatte nicht begriffen, daß sie an diesem Vormittag eine wohl einzigartige Erfahrung gemacht hatte.

Weder Patrick noch das Kindermädchen, noch irgend jemand anders hier konnte ihn verstehen. Er aß. Er lächelte seinem Sohn zu.

»Bekomme ich ein wenig Wein in mein Wasser, Mamie?«

»Morgen. Nur sonntags.«

»Morgen ist Papa nicht da.«

Sie sah Alain an und goß einen Schluck Wein in das Glas des Kindes.

Die Mahlzeit schien endlos. Das Fenster stand offen. Man hörte das Zwitschern der Vögel, und hin und wieder drangen Fliegen ins Zimmer, umkreisten den Tisch, um anschließend wieder in die Sonne zu sausen.

»Trinken Sie Ihren Kaffee im Salon?«

Sie sagten Salon oder auch Halle. Er begab sich dorthin, setzte sich in einen der braunen Ledersessel. Die Motorhaube des Jaguar stand mittlerweile in der Sonne, aber er hatte nicht die Kraft, aufzustehen und ihn woandershin zu fahren.

»Ich gehe mal gucken, ob Ferdinand mit Essen fertig ist. Er hat versprochen, mir einen Bogen zu schnitzen.«

Mademoiselle Jacques wußte nicht, ob sie aufstehen oder bleiben sollte.

»Haben Sie irgendwelche Anweisungen für mich?«

Er überlegte eine Weile.

»Nein. Ich wüßte nicht, welche.«

»Erlauben Sie, daß ich nachsehe, was Patrick macht?«

Er trank seinen Kaffee aus, ging zur Treppe und schaute sich die Zimmer an. Sie hatten eine niedrige Decke. Das Mobiliar war beinahe bäuerlich, schwere rustikale Möbel, aber der Gesamteindruck war fröhlich, heiter.

Eine gewollte Heiterkeit. Eine falsche Heiterkeit. Eine Heiterkeit, um den Wochenendgästen zu imponieren.

Wie auch *Toi* eine falsche Intimität schuf.

Wie ...

Unnütz! Es war zu spät. Oder zu früh. Er öffnete die Tür ihres Schlafzimmers und betrachtete es ungerührt.

Er ging wieder hinunter, erblickte seinen Sohn in Begleitung des Gärtners, der einen Bogen schnitzte. Mademoiselle Jacques hielt sich einige Meter abseits.

Wozu länger verweilen? Er trat auf sie zu, beugte sich über seinen Sohn, um ihn zu küssen.

»Kommt Mama nächste Woche wieder mit?«

»Vielleicht.«

Er interessierte sich mehr für seinen Bogen als für seinen Vater.

Alain begnügte sich damit, der Gouvernante zuzuwinken.

»Sie wollen schon fahren, Monsieur Alain?«

»Ich muß los, Ferdinand.«

»Brauchen Sie nichts? Wollen Sie nicht ein wenig Obst mit nach Paris nehmen?«

»Nein, danke.«

Er ging ins Haus, um sich von Loulou zu verabschieden, die im gleichen Moment von Rührung ergriffen wurde.

»Wer hätte das gedacht, Monsieur Alain!«

Sie wischte sich mit einer Ecke ihrer Schürze über die Augen.

»Eine Person, die immer so...«

Die immer was? Er brach auf, ohne es zu erfahren, ließ den Motor aufheulen, und der Wagen brauste davon.

8

Jetzt konnte er, mußte er trinken. Alles, was er an diesem Tag getan hatte, einschließlich der geringsten Kleinigkeiten, die sich mit Mina abgespielt hatten, war geplant gewesen, im voraus beschlossen. War es nicht seltsam, daß diese Rolle einer kleinen Flämin zugefallen war, die er zwei Tage zuvor noch nicht gekannt hatte und die wie durch ein Wunder an seine Tür geklopft hatte?

Vielleicht keine besonders wichtige Rolle, zumindest nicht wichtiger, als sich Mina vielleicht vorstellte.

Er war zu früh. Er hatte sich kürzer in Les Nonnettes aufgehalten, als er gedacht hatte, doch er hatte das Gefühl gehabt zu ersticken. Sein Aufbruch, den er sich ruhig und heiter gewünscht hätte, war einer Flucht gleichgekommen.

Er fuhr schnell, allerdings nicht Richtung Paris. Bald schon erreichte er Evreux, eine Stadt, durch die er oft gefahren war. Er suchte eine Bar, erblickte nur Bistros mit knallgelb oder mauvefarben gestrichener Fassade, in denen es bestimmt keinen Whisky gab.

Einige Minuten lang irrte er durch ein Gewirr von Sträßchen, die alle gleich aussahen, schließlich fand er ein Schild, das in Richtung Chartres wies.

Chartres, warum nicht? Er war kaum eine Viertelstunde unterwegs, als er eine alte Kutsche auf einem

Rasen erblickte, die für einen Landgasthof warb. Dort würde er bestimmt eine Bar finden.

Es gab eine, der Kellner hinter der Theke hörte die Börsennachrichten.

»Einen Doppelten!«

Er wollte sich gerade korrigieren, aber der Kellner hatte bereits verstanden und griff nach der Flasche Johnny Walker. Er war nicht der einzige, der diese Formulierung benutzte. Einen doppelten Scotch. Einen doppelten Whisky. Einen Doppelten. Allein die Worte widerten ihn an.

»Schönes Wetter zum Fahren.«

Zerstreut antwortete er mit Ja. Er scherte sich nicht um das Wetter. Es gehörte nicht zum Programm. Eine offizielle Parade war nicht vorgesehen.

»Noch einen.«

»Mir scheint, Sie waren schon einmal hier.«

Aber ja, Schnuckelchen. Alle Welt hatte ihn bereits gesehen. Selbst in Gegenden, in denen er noch nie gewesen war. Einfach, weil sein Foto auf den Titelseiten der Zeitungen erschienen war.

»Auf Wiedersehen.«

»Bis zum nächsten Mal.«

Man beneidete ihn bestimmt um seinen Wagen. Er gab Vollgas auf einer Straße, die dafür nicht geeignet war, und in mindestens zwei Kurven wäre er um ein Haar ins Schleudern geraten.

Chartres! Na schön! Er kannte die Fenster der Kathedrale. Er entsann sich besonders eines Restaurants an einer Straßenecke mit einer sympathischen Bar. Er fand dorthin.

»Einen doppelten Scotch.«

Die Sache ließ sich gut an. Er legte los, fand nach und nach seinen Rhythmus. Diesmal kehrte sich das Spielchen mit dem Kellner gegen ihn.

»Sie waren doch schon vor zwei Jahren hier, oder?«

»Nein, Monsieur. Ich bin erst letzten Monat gekommen.«

»Und wo waren Sie vorher?«

»In Lugano.«

Alain war noch nie nach Lugano gefahren. Zero! Auch er hatte das Recht, sich zu irren, etwa nicht?

Er fuhr weiter, beobachtete die Wagen, die ihm entgegenkamen und deren Fahrer ein ernstes Gesicht machten.

Er hatte sein Leben lang das Gegenteil getan, und die Leute hatten es ihm abgenommen. Man hielt ihn für ungezwungen, und niemand hegte den Verdacht, er könne ein kleiner Junge sein, der sich als Indianer verkleidete.

In Wirklichkeit hatte er die gleichen Ängste wie andere auch. Und noch einige mehr, darunter die Furcht, den Menschen ins Gesicht zu schauen. Also sagte er zu ihnen:

»Schnuckelchen.«

Oder auch:

»Dummerchen...«

Das funktionierte. Sie ließen es sich gefallen. Aber beruhigte ihn das wirklich?

Er hatte noch nicht genug getrunken. Nachher, auf dem Weg durch Saint-Cloud, würde er noch einmal anhalten. Ein großes Lokal, wo jeden Samstagabend

Tanz war. Er war eines Samstags mit einer der Sekretärinnen dorthin gegangen. Das war gewesen, als Chaton wegen eines Interviews nach Amsterdam fahren mußte. Ein amerikanischer Wissenschaftler, wenn er sich recht erinnerte.

Sie hatten sich im Gras geliebt, am Seineufer.

Auch das hatten sie nicht herausbekommen. Nicht daß er Angst hatte vor Frauen, so weit ging es nicht, aber sie beeindruckten ihn. Das stammte aus seiner Kindheit, aus den ersten Büchern, die er gelesen hatte. Er neigte dazu, zu ihnen emporzuschauen, als stünden sie auf einem Sockel.

Also schob er ihre Röcke hoch und besaß sie. Kein Sockel mehr.

Er gelangte auf ein Stück Autobahn, erreichte Saint-Cloud, versäumte es nicht, vor der Tanzdiele anzuhalten. Die Ausstattung hatte sich geändert. Der Stil des Hauses auch. Eine Bar gab es trotzdem noch.

»Einen doppelten Scotch.«

Das ging langsamer als vorgestern. Er bewahrte einen kühlen Kopf, vergaß nicht die Ermahnungen, die ihm Kommissar Roumagne mit auf den Weg gegeben hatte. Er hatte es ihm versprochen. Prima Kerl, der Kommissar. Er hatte einiges kapiert, fast zuviel. Wäre Alain nicht gerne ein Mann wie er gewesen?

Ein robuster Mann. Ein Mann, der nicht das Bedürfnis hatte...

Scheiße! Zu spät.

»Wieviel macht das?«

Es war eine Qual, aber am Vorabend war es ihm unerläßlich erschienen, diesen Schritt auf sich zu nehmen. Er hatte ihn im Programm vorgesehen, und er änderte nichts daran.

Einige seiner Sorgen erschienen ihm auf diese Weise plötzlich albern. Bilder rückten in die Ferne. Personen verschwammen, und er hatte Mühe, sich ihre Gesichtszüge ins Gedächtnis zu rufen.

Die Champs-Élysées. Sein Blick fiel in die Rue de Marignan, heftete sich auf die Fassade des Gebäudes, dessen riesiges *Toi* Abend für Abend erstrahlte.

Er parkte seinen Wagen an der Place de la Bourse, kehrte in ein Bistro im Zeitungsviertel ein. Früher hatte er dort zuweilen ein hartgekochtes Ei gegessen.

»Einen Roten, mein Kleiner.«

Der Kellner mit der blauen Schürze war zu jung, um ihn noch zu kennen, und doch lag das noch gar nicht so weit zurück.

»Noch einen.«

Ein herber Roter. Das hatte nicht auf dem Programm gestanden. Er feilte es aus.

»Was bekommst du?«

Er war keiner von beiden böse. Chaton war ihm gefolgt, solange sie konnte. Vielleicht hatte sie an ihn geglaubt. Vielleicht dachte sie, er brauche sie...? Es hatte keine Bedeutung mehr.

Sie war es leid gewesen, Chaton zu sein, in seinem Kielwasser zu schwimmen. Die Lust, auch einmal die Hauptrolle zu spielen, hatte sie überkommen.

Die Hauptrolle! Er mußte lachen.

Er betrat das alte Gebäude an der Rue Montmartre, als wäre er dort zu Hause, und stieg die abgenutzten, mit Zigarettenstummeln übersäten Treppenstufen hoch. Die Wände waren in all den Jahren nicht gestrichen worden, und er erkannte die Emailleschildchen auf den Türen wieder.

Dort, wo einst das Schundblatt entstanden war, für das er gearbeitet hatte, verkündete ein Schildchen:

ADA
Künstliche Blumen

War das ein neuer Trick, um ein Bordell zu tarnen? »Ada« stimmte ihn nachdenklich. Ob sie sich auch um Grabkränze kümmerten? Abwaschbar? Aus Plastik?

Noch zwei Etagen. Ihm war warm. Er ging durch einen Flur. Das war kein Schild, was auf der dritten Tür links zu sehen war, sondern eine mit Zellophan umhüllte Visitenkarte.

Julien Bour
Kunstfotograf

Kunstfotograf! Auch das noch! Der Schlüssel steckte auf der Tür. Er stieß sie auf, gelangte in ein recht geräumiges Zimmer, in dem eine Reihe von Scheinwerfern stand, über einer Tür brannte eine rote Glühlampe.

Eine Stimme rief:

»Mach nicht auf! Ich komme sofort.«

Bour. Wen erwartete er? Hatte ihn der Kommissar vor seinem Besuch gewarnt?

Ein auf vier Holzblöcken ruhender und mit einem marokkanischen Teppich bedeckter Bettrost diente als Sofa und Bett. Alain öffnete eine weitere Tür, sie führte zu einem winzigen Badezimmer mit einer Fußwanne. Gelbliche Streifen hatten sich mit der Zeit unter den Hähnen gebildet.

Er schloß die Tür, drehte sich um, stand Bour gegenüber. Er hatte die Ärmel hochgekrempelt, trug keine Krawatte. Er stand reglos da, leichenblaß.

»Bour, mein Dummerchen.«

Bour wandte sich nach der Tür um, als habe er die Absicht zu fliehen.

»Setz dich. Hab keine Angst. Ich habe nicht vor, dir weh zu tun.«

Warum hatte er am Tag zuvor geglaubt, dieser Besuch sei unbedingt erforderlich? Den armen Bour in einem solchen Zustand, erschrocken, jämmerlich, vor sich zu sehen, übte keinerlei Wirkung auf ihn aus. Auch nicht der Anblick des Sofas, auf dem sich erst Chaton und dann Bébé gewälzt hatten. Selbst die Vorstellung eines nackten Bour löste keine Regung in ihm aus.

»Ich schwöre Ihnen, Chef...«

»Was meinst du, was mich das kratzt, Herrgott noch mal? Ich hatte Lust, dich anzuschauen, das ist alles. Ich schaue dich an. Vielleicht hast du recht, so ungepflegt herumzulaufen. Gewissen Frauen gefällt das.«

Er zündete sich eine Zigarette an, warf einen Blick in den von einem guten Dutzend Handkarren versperrten Hinterhof. Gut möglich, daß das einer der letzten Hinterhöfe von Paris war, in denen noch Handkarren und keine Fahrzeuge zu sehen waren.

»Wartest du auf jemand?«

»Ein Modell wollte vorbeikommen.«

Alain blickte ihn starr an. Es ist seltsam, einen Menschen anzustarren, von dem man nichts erwartet, über den man sich nicht einmal eine Meinung zu bilden versucht. Als betrachtete man ein Tier. Man sieht ihn atmen. Man beobachtet seine angsterfüllten Augen. Man entdeckt die zitternde Unterlippe, die Schweißtröpfchen, die unter der Nase hervorquellen.

»Hast du keine Lust, mich zu fotografieren?«

Das stand auch nicht auf dem Programm. Ein Gedanke, der ihm plötzlich durch den Kopf gegangen war.

»Warum? Möchten Sie wirklich...«

»Ja.«

»Ein Porträt?«

»Warum nicht?«

Bour stand auf, unsicheren Schritts trat er auf einen der Scheinwerfer zu und schloß ihn an eine Steckdose. Er ging in eine Ecke, um einen Apparat mit Stativ zu holen, und während er Alain den Rücken zukehrte, mußte er darauf gefaßt sein, sich eine Kugel oder einen Schlag einzuhandeln.

Alain rührte sich nicht.

»Von vorn?«

»Wie du willst.«

Er stellte die Blende ein. Seine Finger zitterten.

»Hast du Bilder von Chaton gemacht?«

»Nein, ich schwöre es Ihnen.«

»Was soll dieses ständige Schwören? Sag nein, und damit basta. Hast du nie Lust gehabt, sie nackt auf dem Sofa zu fotografieren?«

»Nein.«
»Adrienne auch nicht?«
»Adrienne hat mich darum gebeten.«
»Hast du es getan?«
»Ja.«
»Hast du den Film noch?«
»Nein. Sie hat ihn zerstört. Sie wollte bloß sehen, was dabei herauskam.«
»In welcher Pose?«
»In mehreren.«

Er hörte ein Klicken.

»Machst du keine zweite Aufnahme?«
»Nein, ich bin sicher, sie ist gut.«
»Hast du Whisky hier?«
»Nein. Ich habe noch ein wenig Wein.«

Er schaute ihn erneut an, direkt ins Gesicht, Auge in Auge.

»Adieu!«

Was hatte er erhofft? Wovor hatte der stellvertretende Kommissar Angst gehabt? Nichts war passiert. Er hatte nichts empfunden. Im Grunde war Bour unwichtig. Er hatte nur zufällig eine Rolle gespielt.

Wo stand sein Wagen? Er suchte ihn in der Straße, schließlich fiel ihm ein, daß er ihn an der Place de la Bourse gelassen hatte.

Von jetzt an hatte er Zeit. Vor allem mußte er gemütliche Lokale finden. Am liebsten solche, in denen man ihn nicht kannte. Er hatte keine Lust zu reden.

Das Lästigste war die ständige Suche nach einem Parkplatz. Dennoch, er brauchte einen. Er folgte der Rue du Faubourg-Montmartre, ohne jedoch zur Place

Clichy zurückkehren zu wollen. Das war vorbei, ebenso Les Nonnettes. Er verfolgte beharrlich sein Ziel.

Er gelangte zur Madeleine. Eine Bar, in der Mädchen warteten. Er war nicht auf der Suche nach einem Mädchen.

»Einen doppelten Scotch.«

Eine nach der anderen machte ihm schöne Augen. Er sah sie an, wie er Bour angesehen hatte, als wären sie Fische oder Hasen, irgendwelche Wesen, die leben und atmen müssen. Es ist verwirrend, jemand atmen zu sehen.

»Noch einen, alter Freund.«

Schwierig, eine Bar zu finden, in der man ihn nicht kannte. Er versuchte es mit einer ganz neuen am Boulevard Haussmann. Der Barkeeper trug eine rote Weste.

»Einen Doppelten.«

»Johnny Walker?«

Das dauerte lange. Der Alkohol schmeckte nicht.

»Sehe ich allmählich betrunken aus?«

»Nein, Monsieur.«

Es stimmte. Er hatte es selbst festgestellt, als er in den Spiegel blickte, aber er wollte es sich bestätigen lassen. Der hintere Teil des Raums lag im Halbdunkel. Ein Pärchen saß Hand in Hand auf einer stark gepolsterten Bank.

Man muß daran glauben. Er zuckte mit den Schultern und hätte fast vergessen zu zahlen. Sicher hätte man ihn zurückgerufen.

»Mach's gut, Bob.«

»Ich heiße Johnny, Monsieur.«

»Adieu, Dummerchen.«

Er spielte unwillkürlich weiter den Indianer.

Angenommen... Nein! Es war zu spät, sich eines andern zu besinnen. Er hatte Zeit genug gehabt nachzudenken. Aber angenommen, nur so, aus Neugier, er käme Montag in sein Büro zurück... Na schön... Alle würden sie so tun, als ob... Boris als erster...

Nur er, Alain, wäre nicht in der Lage, so zu tun, als ob... Eben... Niemandem gegenüber... Nicht einmal allein...

Es war ein Zufall, nun gut. Chaton konnte nicht ahnen, daß sie eines Tages auf ihre Schwester schießen würde, als sie sich mit Julien Bour einließ.

Jetzt wußte auch sie Bescheid. Und sie hatte ihm durch Rabut mitteilen lassen, daß er sie niemals wiedersehen würde.

»Außer vor Gericht.«

Sie dachte an alles. Die Frauen denken immer an alles. Sie halten Ordnung in ihrer Unordnung.

Er fand sich idiotisch, genauso idiotisch wie die Artikel in *Toi*.

»Kellner, einen Doppelten.«

»Martini, Monsieur?«

»Scotch.«

Er war irgendwo hinter dem Palais-Bourbon gelandet, nicht weit von seinem Schwager. Ob sich Blanchet schon einmal bei Lichte besehen hatte? Nicht dumm, sein Schwager. Bestimmt wußte er, wie gefährlich das war.

Und einen Neuanfang... Wo sollte er anfangen...? Womit...?

Wenn er sein Abitur bestanden hätte... Er suchte nach Entschuldigungen. Er hätte auch andere Dinge verpatzt.

»Noch einen!«

Der Kellner musterte ihn einen Augenblick, bevor er ihn bediente. Das hieß, daß er allmählich betrunken wurde. Jetzt würde es nicht mehr sehr lange dauern.

»Keine Bange, ich falle schon nicht um.«

»Das sagt jeder, Monsieur.«

Weshalb waren die Kellner heute alle so förmlich?

Er trank sein Glas aus, ging eine Spur zu gravitätisch zur Tür, als daß er sein unsicheres Gleichgewicht hätte verbergen können. Im Wagen hatte er Schwierigkeiten, sich eine Zigarette anzuzünden.

»Er braucht dich, Alain.«

Das war seine Mutter. Er glaubte sie zu hören, ihre glanzlosen Augen zu sehen, die Augen einer Frau, die in ihrem Leben niemals Freude empfunden hat. Sein Vater ebenfalls nicht.

Inwiefern brauchte ihn sein Sohn? Er brauchte ihn ebensowenig wie seine Mutter. Sie bedeuteten ihm nichts, alle beide.

Patrick fühlte sich wohler bei Mamie, wie er sie nannte, und dem alten Ehepaar. Ihm war nicht klar, daß Les Nonnettes Kitsch war, ein mißratener Traum.

Er würde viel Geld erben. Millionen von Lesern und Leserinnen hatten ihn reich gemacht.

Das war ungerecht. Sein Vater hatte sein Leben lang von morgens bis abends gearbeitet, um seinen Lebensunterhalt zu verdienen, während Alain eines Nachts, mit Freunden polternd, eine Goldader entdeckt hatte.

Wo war er? Er fand sich nicht mehr zurecht. Der Boulevard, dem er folgte, war endlos. Er wollte zum Bois de Boulogne, nicht zur äußeren Ringstraße.

Er verfuhr sich, ließ sich anpfeifen, hielt an, verwirrt, voller Angst, dieser Pfiff könne alles verderben.

»Sehen Sie nicht, daß Sie gegen die Einbahnstraße fahren?«

Der Beamte durfte auf keinen Fall merken, daß er betrunken war.

»Es tut mir leid. Wo, bitte, geht es zum Bois de Boulogne?«

»Sie fahren in die falsche Richtung. Biegen Sie rechts ab, dann noch einmal rechts bis zum Pont Alexandre-III.«

Uff! Ihm stand noch ein letztes Glas zu, nicht sofort, erst am Anfang des Parks. Er gelangte wieder auf vertrautes Terrain, kehrte in ein Café ein. Er hatte einen schlechten Geschmack im Mund.

»Whisky.«

»Whisky des Hauses oder...?«

Er deutete auf die viereckige Flasche Johnny Walker im Regal.

»Einen großen.«

Er schämte sich nicht mehr. Das war das Ende. Er hatte bis zum Schluß durchgehalten. Hatte er nichts vergessen? Es war zu spät, um zu überlegen. Seine Gedanken verstrickten sich.

Gedanken! Er sah seinen Nachbarn atmen. Das waren sie, die Gedanken! Atmen.

»Noch einen, bitte.«

Auch hier blickte ihn der Kellner zögernd an.

»Ich bitte Sie darum.«

Er schluckte ihn mit einem Zug und warf einen Hundertfrancschein auf die nasse Theke. Er brauchte kein Wechselgeld.

Er hatte den Baum entdeckt, eine große Platane direkt an einer Ecke. Er brauchte sie nur wiederzufinden. Er hatte sich einige Orientierungspunkte gemerkt.

Wenn Chaton...

Welche Chaton? Mit einer anderen Frau hätte sich alles auf die gleiche Weise abgespielt. Er hätte sie ebenfalls Chaton genannt oder ihr irgendeinen anderen Spitznamen gegeben, wie Häschen, Dummerchen usw.

Weil er im Grunde Angst hatte. Und jetzt wußte sie es, alle wußten sie es.

Da war sein Baum, hundert Meter weiter. Er trat das Gaspedal durch. Der Jaguar machte einen Satz. Die Landschaft flog dahin, er hatte das Gefühl, als verschluckte er die Wagen, die ihm entgegenkamen.

Er hatte stets Angst gehabt.

Aber jetzt nicht. Jetzt...

Er hörte das Krachen nicht, die quietschenden Bremsen der Autos, die Schritte, die Stimmen, die Schreie, schließlich das Martinshorn in der Ferne.

Für ihn war Schluß.

Épalinges, 12. November 1967

*Das Gesamtwerk
von Georges Simenon
erscheint im
Diogenes Verlag*

»Da lesen ihn Hausfrauen und die experimentellen Lyriker; es lesen ihn die Stenotypistinnen und die Mythenforscher, die Automechaniker und die Atomphysiker... ja, ich kenne Texteverfasser von höchster Esoterik, die, wenn sie einmal ein Buch lesen wollen, ein richtiges Buch, Simenon lesen und nichts als Simenon, jede Zeile von ihm...« *Alfred Andersch*

»Er ist der beste Krimi-Autor unserer Tage. Er hat etwas von Edgar Allan Poe.« *Dashiell Hammett*

»Simenon erinnert mich an Čechov.«
William Faulkner

»Ich lese jeden neuen Roman von Simenon.«
Walter Benjamin

Verlangen Sie unseren ausführlichen Katalog bei Ihrem Buchhändler.